ESBOÇO EM PEDRA E SONHO

ESBOÇO EM PEDRA E SONHO

MARILIA ARNAUD

FARIA E SILVA
Rio de Janeiro, 2024

Esboço em pedra e sonho

Faria e Silva é uma empresa do Grupo Editorial Alta Books (STARLIN ALTA EDITORA E CONSULTORIA LTDA).

ISBN: 978-65-6025-180-9

Impresso no Brasil — 1ª Edição, 2024 — Edição revisada conforme o Acordo Ortográfico da Língua Portuguesa de 2009.

Dados Internacionais de Catalogação na Publicação (CIP)
(BENITEZ Catalogação Ass. Editorial, MS, Brasil)

A769e
1.ed. Arnaud, Marília
Esboço em pedra e sonho / Marília Arnaud. – 1.ed. – Rio de Janeiro : Faria e Silva, 2024.
224 p.; 13,5 x 20,5 cm.

ISBN 978-65-6025-180-9

1. Romance brasileiro. I. Título.

06-2024/154 CDD B869.3

Índice para catálogo sistemático:
1. Romances : Literatura brasileira B869.3

Aline Graziele Benitez - Bibliotecária - CRB-1/3129

Faria e Silva é uma Editora do Grupo Editorial Alta Books

Produção Editorial: Grupo Editorial Alta Books
Diretor Editorial: Anderson Vieira
Editor da Obra: Rodrigo Faria e Silva
Vendas Governamentais: Cristiane Mutüs
Gerência Comercial: Claudio Lima

Produtora Editorial: Milena Soares
Revisão: Ederli Fortunato; Isabela Monteiro
Projeto Gráfico e Diagramação: Rita Motta
Capa: Beatriz Frohe

ALTA BOOKS
GRUPO EDITORIAL

Rua Viúva Cláudio, 291 — Bairro Industrial do Jacaré
CEP: 20.970-031 — Rio de Janeiro (RJ)
Tels.: (21) 3278-8069 / 3278-8419
www.altabooks.com.br — altabooks@altabooks.com.br
Ouvidoria: ouvidoria@altabooks.com.br

Editora **afiliada à:**

ASSOCIADO

Para Maria Valéria Rezende

A vida dura o tempo de umas marcas de garra na areia.

Meus sonhos – nem eles são como deveriam, habitados.
Neles há mais solidão do que multidões e alaridos.
Às vezes aparece por momentos alguém há muito falecido.
Move a maçaneta uma mão solitária.
Expande-se em anexos de ecos a casa vazia.
Corro da soleira até o vale
silencioso, como de ninguém, já anacrônico.

De onde vem em mim ainda este espaço –
não sei.

Wislawa Szymborska

Fecho os olhos, e o tempo escorrega para trás. O mundo vem dar no perfume de terra quente e madeira queimada, na sirene da fábrica de óleo, no anúncio do jogo de futebol na radiodifusora da praça, nos gritos agudos das crianças a retornar da escola em bandos. Fecho os olhos, e o mundo vem dar em ti, sentado diante da escrivaninha, a correr os olhos pelo caderno de anotações, a manhã a se despejar em brancura sobre a imobilidade do teu rosto. Como em uma pintura de Edward Hopper, tu me esperas; ainda que não saibas da minha existência, tu me esperas.

Talvez estejas a contabilizar a compra de ração para o gado, a venda de uma novilha, o milho que perdeste para as lagartas roscas. Agora ergues o rosto e me encaras com pasmo; a mesma expressão de quando me viste pela primeira vez. Ainda não sabias de mim, e sabias já. Naquele instante, reconheceste, no tom da minha pele, no pasto dos meus olhos, nos anéis escuros dos meus cabelos, uma parte significativa da tua história. A história enterrada. A história ressuscitada com a minha aparição.

Sou eu, tua Ramona. Voltei para o sepultamento de tia Concebida. Também para tomar providências quanto ao imóvel que vocês me legaram. Não posso voltar a viver aqui, tampouco posso me desfazer da Vila Donária; a casa sussurra, assopra-me a magia de um tempo eterno, de um reino mítico, roçaga em mim as entranhas prenhas de terra, cal e calor. Percorro cômodos, acaricio paredes, inspiro fragrâncias. Meu antigo quarto, que um dia reformaste na ideia de me alentar a alma, voltou a pertencer às imagens dos santos. Aqui sou invadida pelo cheiro de parafina derretida, resquício das preces feitas por tia Concebida antes de tombar sobre os joelhos, o rosário entre os dedos murchos. No quarto dela, sobre a cama vigiada de cima por um Sagrado Coração de Jesus, afago a blusa e a saia que vestiram a carne degradada e solitária em suas últimas horas.

Em teu quarto, escancaro o janelão de basculantes envidraçados que se abrem diretamente para a praça. Calçadas praticamente vazias, cadeiras recolhidas, pessoas abrigadas no interior das casas, de onde me vem o murmúrio das televisões. Aspiro o odor da cidade anoitecida, uma mistura de pedras mornas e areia de rio. O vento chega afrontado, geme nas frestas dos basculantes, bate portas, varre calçadas, levanta com despudor a saia da moça que atravessa a rua. Gravetos e folhas secas rodopiam em um bailado de Pontões com suas lanças alucinadas. O pó do dia voa para as lonjuras de uma noite que não se sabe onde termina. Em algum lugar, um cachorro gane, como se lutasse contra as garras do vento.

Comi mal e parcamente no avião, há mais de vinte e quatro horas, quando estava vindo para cá. O súbito desejo de me fartar da coalhada caseira de tia Concebida me faz disparar em direção à cozinha. Fuço a geladeira. Silenciosa e bem compartimentada, não é a mesma de quando parti; a antiga raspava o silêncio das noites com um ronronar de gato velho. Encontro alguma verdura, legumes, queijos, ovos, iogurtes industrializados e restos de refeições acondicionados em recipientes de plástico. Uma omelete iria bem neste momento, mas não me disponho a prepará-la. Também os guarda-louças de chapas de ferro foram substituídos por discretos armários de fórmica, onde descubro pacotes de bolacha cream cracker, biscoitos de maisena, rosquinhas de leite. Sobre o fogão, uma panela com caldo de carne — até o tomaria se não fizesse tanto calor. Pego talheres e me sento para comer um iogurte e uma talhada de queijo de manteiga. A casa suspira. Suspiro com ela. O pão na cestinha está duro. Amanhã irei fazer compras.

As tias me mandavam às compras, e meu coração se 3
armava em festa. Até me acostumar com aquela abundância, retornava para casa com o coração a esborrar gratidão. O empregado do armazém, ora ao meu lado, ora um pouco atrás, empurrava o carrinho de mão repleto de alimentos embrulhados em sacos de papel pardo. Lembrava-me, então, de minha mãe, e de como lhe era difícil escolher entre o arroz e os ovos, ou entre um pacote de macarrão e a carne de charque. No mais do tempo, vivíamos de caridade, e aceitávamos de bom grado sobras e refugos das famílias para quem ela prestava serviços domésticos. Isso, porém, não me infelicitava. A vizinhança vivia nas mesmas condições — eu estudava em um grupo escolar municipal, onde todos éramos magros, malvestidos e quase sempre

famintos. Naturalmente, percebia a existência de um mundo em tudo superior ao nosso: minha mãe trabalhava em casas com jardins e cortinas nas janelas; seus patrões iam dançar no clube, livravam-se de roupas ao se cansarem delas, e as crianças, de tão bem alimentadas, torciam o rosto para os pratos que lhes eram oferecidos. Todavia, eu não pensava sobre o assunto. A vida me parecia boa o suficiente para que eu a encarasse com confiança. E bastava uma soda ou uma cocada para tornar meu dia um acontecimento. Em circunstâncias especiais, minha mãe preparava uma travessa de pequenas panquecas doces, cujo nome me foge agora, um bolo de leite de coco ou um mugunzá adoçado com mel — trago essa infância na língua; um sabor nunca recuperado, nem mesmo nas melhores e mais sortidas docerias.

4 Os alimentos vinham embrulhados em sacos de papel, que eram outro tesouro. A princípio, aqui recém-chegada, eu arrumava os sacos embaixo do colchão, depois de alisá-los com um ferro de passar roupas, como minha mãe me ensinara. Tia Concebida sorriu ao encontrá-los e levou-os para fora, após assegurar-me que os cadernos e livros didáticos seriam encapados com papel adequado, comprado em papelaria.

A cada um dos mandados das tias, abandonava as tarefas escolares com um contentamento maldisfarçado. Os estudos me torturavam; a média no meu boletim oscilava entre *sofrível* e *regular*. Amigo das letras e dos números, tu te entristecias com o meu desempenho em sala de aula. Os deveres de casa faziam a parte ruim do meu dia parecer um dia inteiro; considerava aquelas horas inteiramente perdidas. Pesavam-me as pálpebras, como se ali se apoiassem todos os livros do mundo. Sem que eu desse por mim, a cabeça pendia para o tampo da mesa, e eu acabava por cair num sono profundo. Despertava com uma reguada de tia Anunciada, ou com um chamamento ao pé do ouvido de tia Concebida: Corra ali na queijeira, Ramona, e busque uma garrafa de manteiga da terra; pegue dois carretéis de linha branca e um rolo de viés azul-claro no armarinho; vá até a mercearia e me traga um pacote de sal.

Seu Antonio da mercearia me presenteava com um sonho cada vez que eu aparecia. Voltava para casa pelo caminho mais longo, o rosto enfeitado por um bigode de creme de baunilha e açúcar granulado, a lamber os dedos untados de felicidade. Quando faltavam sonhos, ele me enchia uma
das mãos com confeitos, e eu os escondia nos bolsos da 5
saia, para mais tarde partilhá-los com Teo e Concita.

O açougue era assunto de tia Anunciada. Possuía o saber das carnes, e não lhe bastavam os olhos para escolhê-las, sendo preciso apalpá-las, como se os bichos mortos fossem da mesma substância dos tecidos que ela usava na costura de roupas femininas. Deslumbrava-me a habilidade com que ela colocava os panos sob os moldes de papel, e depois os alisava e alisava, à medida que os ia prendendo às beiradas com alfinetes, um nos lábios, outro na mão.

Do sítio, tu trazias o leite em dois galões de cinco litros, ovos, sacos de grãos, frutas e alguma hortaliça. Em períodos de inverno, com as águas desbordando as barragens, voltavas para casa com gordas curimatãs e traíras.

Deixei de comer peixe depois que uma espinha se entalou em minha garganta. Não sei se te lembras desse susto. Vocês me batiam fortemente nas costas, ao mesmo tempo que me empurravam pela boca banana amassada e farinha. Varada pelas unhas afiadas do desespero, eu buscava inutilmente o ar, o pavor esbugalhado em cada par de olhos à minha frente; no dorso da tua mão, um fio turvo de sangue e saliva.

Agora alcanço o pátio, palidamente iluminado por estrelas que polvilham o firmamento. Onde antes havia um comedouro para pássaros, encontro uma fileira de potes de vidro destampados. Tia Concebida deve tê-los lavado e os posto aqui para secar. Talvez pretendesse usá-los no envasamento de compotas e infusões — fazemos coisas por desconhecer o instante da nossa morte. Se soubesse da iminência do próprio fim, seguramente ela não teria lavado os potes e os colocado para secar; teria se ajoelhado diante do oratório e orado com fervor até o último instante. Também é possível que não movesse um dedo; diante da morte, as ações mais relevantes perdem todo o sentido.

Pergunto-me se ainda vagueiam por aqui os sabiás, galos-da-campina, concrizes, canários, curiós e pintassilgos da minha infância. Recentemente li uma matéria sobre desmatamento, comércio ilegal e a consequente extinção de algumas espécies; ou foste tu que guiaste os pássaros ao teu céu? Em metade do comedouro, arrumávamos fatias de manga, banana e goiaba; na outra metade, alpiste e farelo. Era divertido vê-los se aproximar em voejos e passos miúdos, uma bicada aqui, outra acolá, atentos à mais sutil interferência humana.

No sábado em que compraste o comedouro, eu havia chegado a Nossa Senhora das Pedras há pouco mais de uma semana. Tu me seguravas a mão com firmeza, enquanto abrias caminho por entre as barracas dos feirantes. As pessoas se afastavam para nos deixar seguir em frente, e eu me dava conta do respeito que inspiravas: Bom dia, seu Graciliano! Bom dia!, respondias sem parar. Os olhos dos passantes demoravam-se na pequena desconhecida que conduzias pela mão, a menina de pernas finas, enfronhada em um vestido de anarruga de cor verde-montanha, costurado no dia anterior por tia Anunciada.

Seguia-te sem resistência, inocente do teu súbito amor. Eras comedido no olhar, nos gestos, e o sorriso não passava de um breve afrouxamento dos lábios de riscas. De tão raras as palavras, de ti ouvi quase nada nos primeiros dias, e pouco nos anos seguintes; o suficiente, porém, para te amar. Bastava ouvir meu nome em tua boca para me convencer da tua bondade e irremediável tristeza — tu me lembravas um pássaro desaprumado, esquecido das asas, desaprendido do próprio canto. Daria o que quer que fosse para te ver feliz como no tempo em que eu não existia; o tempo das fotografias emolduradas e penduradas na parede do corredor.

Lá, o homem jovem, de olhar enérgico, um chapéu à mão, a outra sobre o ombro de uma mulher de olhos grandes e cabelos penteados para trás, a blusa embelezada em rendas, a saia reta a lhe tapar os joelhos. Aqui a mulher aparece junto a ti com um barrigão de meses, a massa dos cabelos a escorrer pelas laterais do rosto e a se derramar em espirais sobre os ombros. Em outra foto, o homem e a mulher seguram as mãos de um garoto de calças curtas e suspensórios; a confiança — ou seria esperança? —, eu vejo, está lá ainda, a sorrir através dos teus olhos.

Na manhã em que me fizeste escolher o comedouro, tu me apontaste nas gaiolas as muitas espécies de pássaros em chilros, trilados e trauteios de flautim, e me perguntaste: Qual deles, Ramona, você escolhe para ser livre? Acerquei-me de uma das gaiolas. Um bichinho de um amarelo Goya espanejava-se num banho de tigela. Olhei os outros, e meus olhos se alagaram. Iria determinar a liberdade de um em detrimento da prisão dos demais. Além disso, duas escolhas em um só dia eram muito, ao menos para mim, a quem nunca fora dado escolher nada.

Levamos o canário-da-terra para casa. No quintal, para minha alegria, tu me animaste a expulsá-lo da gaiola. Encorujado ao fundo, desconfiado da minha intenção, tão logo o bichinho se viu além da treliça de bambu, bateu as asas e alçou voo, indo passarinhar fora do alcance dos nossos olhos, entre os galhos do tamarindeiro.

Naquele dia, falaste-me com o coração. Soube, então, que a menina chegada a ti por mãos estranhas podia seguir contigo por todo e qualquer caminho. Não me abandonarias, ainda que um dia viesses a fazê-lo contra a tua vontade. Da morte, eu já sabia; era por trás, de emboscada, que ela desmantelava a vida. Na noite em que minha mãe foi levada, indaguei a Marilza por que Deus não acabava com a morte, que motivo O levaria a cerrar os olhos para os embustes e desmandos da fulana mais cruel do mundo. Sem resposta, eu me fazia outra pergunta: De que lado afinal estava Deus? De qualquer forma, embora àquele tempo eu não soubesse, se a morte te conduzisse para longe de mim, continuarias a existir nas tias e na casa onde vivíamos.

Dizem que crianças olham tão somente para frente. Não é verdade; falo por mim. O passado é mais do que o tempo dos adultos ou dos velhos. Sim, eu olhava para trás. Porém, no que enxergava, sentia-me amparada, como se tivesses estado lá comigo nas horas boas e nas piores horas — perdoa-me se nunca consegui falar contigo sobre esse tempo; a omissão não se deu por falta de vontade ou por não confiar em ti. Simplesmente não sabia como fazê-lo; com quais palavras te contaria o incerto, o obscuro?

Tenho muito a te contar, o muito guardado comigo desde a noite em que foste arrancado de nós. Uma verdade pode ser esquecida; uma mentira, jamais. Uma mentira martela por dentro, sufoca à maneira dos enterrados vivos. Então, espera; logo te apresentarei a verdade. Preciso, porém, de um tempo de preparação. Preciso recompor fatos, amanhar memórias, acomodar-me nelas como um pássaro no ninho; palavras, atos e omissões, tudo torcido, trançado, camuflado.

Dou a volta ao pátio. Onde antes ficava o banheiro, há agora uma espécie de cômodo para objetos inutilizados. Na penumbra, enxergo uma cadeira com apenas três pernas sobre a antiga mesa da cozinha, o tampo de madeira parcialmente queimado, um colchão eviscerado — a espuma a lhe saltar das entranhas —, um telefone de parede, um bule sem asa. Imagino que o comedouro deva estar metido entre as inúmeras caixas de papelão e madeira empilhadas ao longo das paredes. Por onde andará a pintura da Avó?

Além do pátio, o poço, agora desativado. Estremeço ao lembrar da menina, tua afilhada. Em um dia de brincadeira com outras crianças, resolveu esconder-se no poço de casa. Levaste-me contigo ao enterro da pequena. Eu não queria vê-la, e queria — espichada no caixãozinho azul forrado de cetim branco, um véu a lhe cobrir o rosto, o vestido salpintado de cravos e rosas, as pernas magricelas. Ah!, roeram-me o coração os sapatos boneca da menina que ia à escola, à missa aos domingos, à festa da padroeira! Imaginei-a no parque de diversões, montada no cavalo do carrossel, a agitar as mãozinhas para a mãe, as mesmas mãozinhas que agora estavam cruzadas sobre o peito, um terço de plástico entre os dedos, e por pouco não desmoronei sobre a menina morta.

Retorno ao interior da casa envolta em uma bolha de silêncio. Um silêncio íntegro, compacto das coisas que não mais existem. Penso no rumor incessante, no turbilhão da minha vida longe daqui; uma vida banal, como parecem ser todas as vidas ao deixarmos de ser crianças. Penso na cidade grande e estrepitosa, na engrenagem que me faz girar entre o trabalho na galeria, as noitadas com os amigos, as discussões sobre arte e política, as viagens, as histórias inconsistentes com homens rapidamente descartados e esquecidos. Sou eu, e não sou eu. Uma parte grande de mim ficou para trás, a melhor parte, a que me fazia sentir incondicionalmente amada e tão esquecida da morte, não obstante a morte se revelasse com frequência nas badaladas do sino da matriz, nos cortejos que acompanhavam os féretros e passavam rente à nossa calçada, em direção ao cemitério. Confesso-te que, desde o dia em que saí desta casa, fui meramente uma visitante em todos os lugares por onde andei. Queres saber por que deixei Nossa Senhora das Pedras? Talvez porque na juventude somos o mundo com seu chamado de lobo faminto, e cada uma das fibras da nossa carne estala de desassossego e desejo de impermanência. Talvez porque ser jovem é saber tão pouco de si mesmo.

Penso no tempo, e no quanto ele se tece do mesmo mistério da vida, os anos a escavar rugas, sinais, cicatrizes, cansaços, e o silêncio no fundo de tudo. Sabes que conto agora com um pouco menos dos anos que tinhas quando cheguei para viver contigo? Àquele primeiro dia, enxerguei-te velho, embora teus cabelos ainda fossem castanhos e te enchessem a cabeça, a pele do rosto se mostrasse viçosa, e firmes os músculos dos teus braços. Mas eras um avô, e avôs eram velhos.

Neste instante, quase posso ouvir a voz de tia Concebida a ressoar pela casa vazia, em uma de suas cantigas preferidas: *Acorda, vem ver a lua, que dorme na noite escura, que fulge tão bela e branca, derramando doçura, clara chama silente, ardendo o meu sonhar...*, e uma sensação de desarrimo me golpeia o coração — a vida, esse arrebatamento de ainda estar aqui, e essa agonia de tudo ser passado.

Espanto um encantamento e me chegam outros. Sonho o perfume de goiabas em fogo brando a se aprontar para o doce em calda, das cascas de angico amassadas com folhas de mastruz, malva e hortelã a fermentar nos potes alinhados sobre a mesa da cozinha. À pasta de tamarindos e açúcar, tia Concebida juntava a medida certa de água e álcool, e então tínhamos o licor, servido em um diminuto cálice ao padre Lauro em suas visitas dominicais, apreciado também pelas mães dos teus afilhados, quando estes vinham te tomar a bênção e receber o presente natalino ou de aniversário — umas notas dobradas em um envelope castanho; para as meninas, a arte da tia Anunciada, vestidos de tricoline com estampas de flores, balõezinhos, estrelas.

Tinhas poucos amigos; contudo, passavas longe de ser um misantropo. Não demonstravas dificuldades no relacionamento com as pessoas, e elas gostavam de ti. Embora fosses reservado, às vezes impenetrável, a ternura e a tolerância atravessavam todas as tuas ações, os mínimos gestos, as minguadas palavras. Seu Assis, teu meeiro na Micaela, almoçava conosco aos sábados. Gastavas com ele umas horas de prosa arrastada entre tragos de aguardente — a cachaça suavizava a expressão do teu rosto, acendia a vida em teus olhos. O médico da família, doutor Humberto, aparecia de quando em quando para te acompanhar no jogo e no vinho de garrafão. Às vezes, eu ouvia teu riso a entornar sobre o tabuleiro de gamão, e achava bom que o álcool te desaferrolhasse a alma para a alegria. O médico, feio de ferir os olhos, dominava a conversa. Às vezes, ele abaixava o tom, e tu pigarreavas, tossias repetidas vezes, sussurravas. Podia jurar que maquinavam algo. Apurava os ouvidos e avançava furtivamente até a porta do escritório, sem que uma única palavra me chegasse com nitidez. Abria a porta sem bater e lhes perguntava se desejavam alguma coisa. Ostensivamente embaraçados, entreolhavam-se debaixo de uma tensão que vinha confirmar a minha desconfiança; havia ali um segredo.

Aos domingos, antes do almoço, aprontavas uma jarra de sangria, tua única proeza na cozinha. Misturado à água, açúcar e frutas cortadas em filetes, o vinho açulava-me o sangue, afrouxava-me as pernas e os pensamentos, além de me encher a boca de palavras. As tias mantinham o controle e não me permitiam excessos com o ponche. Uma vez ou outra, porém, era obrigada a me policiar para não deixar escapulir as tardes proibidas com Teo e Concita. Ao final do almoço, mal conseguia deixar a mesa e cambalear para a cama.

Tenho dúvidas se algum dia te falei sobre as noites em que eu e minha mãe íamos para frente de casa, esperar o céu se romper em água. Na minúscula cidade onde vivíamos, aos primeiros sinais de chuva — nuvens enfarruscadas, vento assombrado, ar impregnado de um certo aroma — a energia elétrica desaparecia. Os vizinhos nos imitavam, e a noite na calçada enchia-se do alarido de vozes, risos, gritos de crianças e dos pequenos lumes dos pirilampos. Minha mãe tinha a ciência de apanhar os insetos e aprisioná-los nas mãos em concha. Eu lutava por dominar aquela arte, mas os minúsculos besouros me fugiam pelos dedos, num bolero luminescente de asas e coriscos. São assim as lembranças, rastros de luz, vaga-lumes indomáveis a esvoaçar no interior do meu corpo, um resvalar e um espancar no fundo do coração. Tento retê-las; luto contra o tempo e seu bater exato, para frente, para frente, minha vida para trás. Se estivesses aqui, talvez me dissesses, no teu timbre pausado e persuasivo: A vida, Ramona, é uma mão aberta para o agora; não se pode fechá-la sobre o passado, sob pena de se distanciar irremediavelmente da sua essência.

Perdoa-me, Avô; o passado me transborda. Recordar é estar no mais íntimo da vida.

Primeiro, Marilza me cata da cabeça lêndeas e piolhos. Uma manhã inteira a esmagá-los entre as unhas dos polegares. Escuros, os piolhos confundem-se com meus cabelos, e ela pena em agarrá-los; os bichos grudam-se ao couro cabeludo, sendo mais fácil apanhá-los quando pesados de sangue. As lêndeas, que ela me explica serem ovos postos pelas fêmeas, prendem-se aos fios com renitência. Embora eu feche os olhos para não assistir à imundice, distingo o craque fatal, mais agudo do que o dos piolhos. Minha mãe costumava catá-los em mim — trabalho perdido; na escola, não se sabia de nenhum aluno que tivesse a cabeça livre dos insetos. Feito seres pensantes, acabavam por saltar de uma cabeça piolhada para a minha recém-catada.

Depois da catação, Marilza me corta um terço dos cabelos, deixando-os à altura dos ombros. Em seguida, sob meus "ais!", me banha demoradamente; ensaboa-me a cabeça mais de uma vez, esfrega-me os calcanhares com uma pedra-pomes, limpa-me as orelhas com violência. O pior está por vir. Após me fazer vestir uma calcinha e um vestido comprados esta manhã e me empurrar na direção das sandálias de plástico, com as quais me calço para ir à escola, Marilza me faz sentar junto dela, na ponta da cama, e me toma uma das mãos. Fecho os olhos. No que a tesourinha se enterra entre a carne do dedo e a unha do mindinho, dou um pinote. Ela me segura a mão outra vez e me manda ficar quieta. A tortura só tem fim com o corte de todas as unhas, inclusive as dos dedos dos pés. Por último, ela me põe no colo e murmura: Acho que agora você está pronta para a sua nova vida.

Enxergo-me no pedaço de espelho preso ao lado da cama de Marilza. O vestido, listrado de vermelho, azul e branco, de botõezinhos com âncoras e pregas largas na saia, tem um corte à altura dos quadris e me cobre parte dos joelhos; demais para o meu tamanho. Não poderia ser menor?, pergunto. Ela força um sorriso: Com o dinheiro que eu tinha, Ramona, não podia ser melhor do que isso; mas não se preocupe, querida, a partir de hoje você vai ver, roupa, sapatos e comida não irão lhe faltar.

Abre uma bolsinha de mão e fala, mais para si mesma do que para mim: Aqui está tudo de que precisamos: sua certidão de nascimento, a de óbito da sua mãe, as cartas do seu pai e a joia da família Filgueira. Depois acrescenta, em um tom ríspido: Se a enxotarem de lá, paciência, é porque são mesquinhos e loucos, e, sendo assim, melhor que não viva com eles; ficará comigo, Deus dará um jeito.

Tomo o documento das mãos de Marilza sem que ela esboce nenhuma reação. Nunca antes pousei meus olhos numa certidão de nascimento, muito menos na minha. Ramona de Maria, filha de Sara de Maria que, por sua vez, é filha de Ana de Maria. Minha bisavó materna deve ter sido simplesmente Maria. Não enxergo um único sobrenome, nenhum nome masculino. Todas filhas sem pai. Um dia, minha mãe contou-me que, na hora do meu nascimento, ela enxergou, no céu por trás da janela aberta, a estrela da abundância, a que traz chuva e torna verdes os pastos. As estrelas não falhavam; as coisas me chegariam fáceis, ela garantiu, e as pessoas me amariam sem que eu precisasse me esforçar para isso. Talvez, um dia, se um dia eu for mãe, minha filha venha a ter um sobrenome, com os nomes do pai e do avô registrados na certidão de nascimento.

Marilza me toma o papel das mãos. Apoia a unha comprida e manchada de esmalte encarnado sobre um espaço em branco: Está vendo este vazio, Ramona? Logo você verá escrito bem aqui o nome do seu pai, e então se chamará Ramona de Maria Filgueira. Filgueira. Nunca antes pensei que a falta de um nome de família pudesse ser tão grave. Em minha classe, as colegas são de Pereira, de Formiga, de Oliveira, e de tantos outros sobrenomes. Embora Ramona de Maria me baste, tentei colher da minha mãe uma história, um nome, um rosto em uma fotografia. Pais têm nomes e rostos; eu os vejo às portas das casas, a caminho do trabalho e da igreja com suas famílias, ou entretidos no jogo de dominó à sombra das árvores. Mesmo os pais que não têm rostos carregam um nome e estão tentando a sorte em lugares distantes — garimpos no Norte, cafezais no Sul, na construção da Transamazônica. Algum dia, por certo, regressarão. Os mortos, ah!, esses são visitados nos túmulos; a mulher e os filhos lhes acendem velas e lhes levam flores. E há aqueles que minha mãe afirmava não serem homens de verdade, e sim, arremedos de homens, trastes. Alguns, tão próximos. Quando surram suas mulheres, posso ouvir os baques, os xingamentos, os gritos. Encolho-me e tapo os ouvidos com as mãos. Se não são homens, não podem ser pais. Uns largam a família por um rabo de saia, como diz Marilza com a boca torta de desprezo. Minha mãe concordava com ela e acrescentava, no mesmo tom: Os animais se deixam enrabichar por qualquer par de pernas jovens e peitos duros, peitos que naturalmente não amamentaram seus filhos.

Minha mãe se foi sem me oferecer uma só palavra sobre o meu pai. Se eu insistia, ela esbravejava e saía batendo a porta, em um estrondo que ficava horas a ecoar dentro de mim. Um dia, a filha de uma vizinha me contou sobre o homem que abandonara minha mãe antes mesmo de saber da minha existência de semente dentro dela. Antes do meu nascimento, ela vivia na casa de uma mulher que lhe dava cama e comida; em troca, cozinhava e olhava as crianças. Ao descobrir a gravidez, expulsou-a. Passou, então, a limpar os quartos do único hotel da cidade e a dormir em um puxado nos fundos. Marilza também trabalhava lá, e mais tarde a trouxe para viver aqui. Quando vim ao mundo, minha mãe não tinha dezesseis anos completos, mas já dormia no próprio quartinho.

Marilza me empurra para fora e passa a chave na porta. A caminho da rodoviária, passamos em frente de uma das casas onde a minha mãe trabalhava, e meus olhos se enchem de lágrimas quentes e desavergonhadas. Marilza, de rosto duro e olhos secos, me aperta a mão e segue em frente. Já na rodoviária, após pegar no guichê nossas passagens para Nossa Senhora das Pedras, ela me compra um picolé de morango e me faz sentar ao seu lado. As pessoas passam por nós com malas grandes, pequenas, bolsas de mão, sacos. Por culpa de Marilza, vou chegar na casa de seu Graciliano de mãos vazias. Arrumei minhas roupas, as melhores, em um saco de papel: dois vestidos, uma calça comprida, uma linda blusa de nervuras e botões frontais de vidro, dois shorts, três camisetas, quatro calcinhas; tudo herança de meninas para cujas mães a minha prestou serviços. Porém, pouco antes da hora da saída, Marilza me tomou o saco e o atirou sobre a cama: Não vou permitir que você chegue lá carregada de trapos.

O leite e o pão do café da manhã estrebucham em meu estômago. Sem tempo de avisar à Marilza o que se passa comigo, dobro-me para frente ao primeiro engulho, a tempo de poupar o vestido novo. O medo se espalha pelo chão sob o olhar curioso e repugnado de outros passageiros. Marilza me conduz ao toalete. Agachada, o rosto metido no vaso sanitário imundo, vomito outro tanto de pão e leite. Ao me erguer, encontro-a acocorada ao pé da pia. Soluça violentamente, as mãos em concha sobre o rosto. Eu me abaixo e a abraço pela cintura. Por um instante, descanso o rosto nos grandes seios de Marilza. Não sei o que falar para fazê-la parar de chorar. Digo-lhe, então, o que minha mãe costumava me dizer: Guarda tuas lágrimas, meu bem, no futuro irás precisar delas e, se tiveres chorado todas, teu coração explodirá bem no meio do peito.

No ônibus, ela recomenda que eu me acomode no assento ao lado da janela; preciso de ar puro. O ar puro é morno e cheira a alecrim-do-mato. Durante duas horas espio o mundo pela janela — o mundo é verde, mosqueado do branco das pedras e do gado no pasto, do cinzento dos serrotes e rios, aqui e ali um colorido de casa, de uma acácia florida. No céu azul-claro, nuvens repolhudas desfilam lentamente sobre a bola alaranjada do sol. Marilza comenta que estamos tendo um bom inverno: Mais chuvas virão; Deus olha por nós. Eu me pergunto por que em certos tempos Deus nos vira o rosto e permite que ardam os pastos, que o nosso mundo se pinte de cinzas, que os animais sirvam de banquete para urubus, e que pais sejam obrigados a abandonar suas famílias.

Nossa Senhora das Pedras me surge diante dos olhos, aos pedaços. Marilza me aponta a chaminé da fábrica de óleo, os armazéns, o trem cargueiro estacionado sobre trilhos, o castelinho no alto do morro, o rio margeado pelas oiticicas, os casebres. Aqui, os prédios baixos da prefeitura e dos correios, casas avarandadas com jardim, calçadas bordejadas de algarobas, a igreja matriz, a praça com os canteiros de papoulas. Mais à frente, o casario desce a praça. Ao final, a torre do relógio, outra praça com o coreto ao centro e o arvoredo ao redor, a igreja e o imenso cruzeiro de madeira plantado em seu adro. Vejo ainda o clube, o presídio, o mercado público, casas comerciais e, no meio de tudo isso, o cheiro quente, delicioso, de grãos de café torrados.

Entonteço ao descer do ônibus; uma noite sem lua nem estrelas abre-se sob meus pés. Os braços de Marilza me trazem de volta à luz. Amparo-me nela a caminho da lanchonete mais próxima. Um senhor por trás do balcão ouve o rádio e sequer levanta os olhos quando entramos. Marilza me faz sentar e me manda respirar profundamente com a cabeça abaixada. Pede um refrigerante, mas o homem, atento ao noticiário, continua alheio à nossa presença. Senhor?, ela torna a chamá-lo, uma nota de irritação na voz. O homem desperta: Desculpe, senhora, estava distraído com a fala do Ministro da Guerra, a situação é muito grave. Para mim e, imagino, também para Marilza, não há nada mais grave neste momento do que o nosso encontro com seu Graciliano. Ainda assim, ela pergunta: O que houve? Num piado de voz, o homem responde: O presidente foi deposto. Ergo a cabeça. Ignoro o que isso significa exatamente, mas, a julgar pela boca infeliz de Marilza, não há de ser nada bom. Ela diz: Depois daquela multidão na Marcha da Família, não tive dúvida de que isso iria acontecer.

O homem mantém-se calado; os olhos caíram em um buraco profundo e, parece, não sairão de lá tão cedo. Vou até o balcão, e o homem me serve um guaraná. Por instantes, ninguém fala nada. Eu também me calo; talvez seja ofensivo interromper um silêncio tão cheio de seriedade. Para fazer o refrigerante durar, eu o bebo em pequenos goles. Ao final, Marilza paga e faz a pergunta que deseja fazer desde que entramos aqui: Sabe onde vive seu Graciliano Filgueira? O homem se encaminha para a porta e nos aponta uma direção. Descubro que há muitos nomes para a criatura: Graciliano Filgueira, Graciliano de Donária, Graça, o Viúvo. Marilza quer saber o porquê do Viúvo, e ele explica que seu Graciliano perdeu a esposa muito cedo e, mesmo sendo um ótimo partido, nunca mais tornou a se casar. É fácil encontrá-lo, garante, vive na Vila Donária, em frente à praça das algarobas, quase no oitão da igreja matriz, uma das casas com azulejos na fachada.

Caminhamos até lá, minha mão na de Marilza. Os olhos dela em pé, os meus a rastejar pela calçada. Num furor de chicote, o coração me cai com força sobre as pernas, sem que eu consiga aprumá-las. Temo não conseguir alcançar a casa de seu Graciliano. Em algum lugar, explode uma música; fingindo-se de artista, minha mãe costumava cantá-la para mim. Em sorrisos, aplausos e gritos de "bravo", eu me deliciava em ser sua plateia. Balançava-se suavemente, um microfone imaginário entre as mãos, os olhos cerrados: *Prepare o seu coração, pras coisas que eu vou contar, eu venho lá do sertão, eu venho lá do sertão, eu venho lá do sertão, e posso não lhe agradar.* Quando alcançava o refrão: *Na boiada já fui boi, boiadeiro já fui rei*, a voz crescia, e minha mãe crescia junto, com jeito de quem nasceu para o palco. Apesar das mãos machucadas de sabão e alvejante no bater e enxaguar de roupas que não eram nossas, a mulher mais bonita do mundo entoava: *Não por mim nem por ninguém, que junto comigo houvesse, que quisesse e que pudesse...* E apesar dos olhos quebrados no cuidar de filhos que não eram seus, dos braços moídos na limpeza das casas dos outros, seguia trauteando: *Por qualquer coisa de seu, por qualquer coisa de seu, querer mais longe que eu.* Minha mãe não parecia se importar com tantos estragos e canseiras. Como na canção, eu sabia, ela aprendera a ver a morte sem chorar.

Falta muito?, procuro saber. Marilza sacode a cabeça, de uma maneira que não diz sim nem não. Dirige-se a uma mulher plantada na beira da calçada, o olhar voltado para o fim da rua, de onde viemos, como se aguardasse alguém. Ela nos observa com curiosidade e aponta: Logo ali, vejam, do outro lado da rua, a de terraço com azulejos vermelhos. Meus olhos acompanham o dedo da mulher: sombreada por uma imensa árvore, os galhos em chapéu de fitas sobre parte do telhado, a casa de seu Graciliano tem uma aparência simpática.

Atravessamos a rua larga, dividida pela praça de canteiros e bancos de ferro. Na fachada da casa, um pequeno painel de azulejos pintado com losangos em tons azul e creme; ao centro, um Vila Donária em letras bem desenhadas. Pergunto à Marilza como uma casa pode ser uma vila, mas ela não me responde, ocupada em bater palmas diante dos três batentes que separam a calçada do terraço. Uma senhora de avental florido e bobes na cabeça nos faz entrar. Ela nos guia por um corredor comprido com as paredes apinhadas de fotografias, virando-se de vez em quando, como se estivesse a se certificar da nossa presença. Conto quatro portas pintadas de azul; duas grandes do lado esquerdo e duas pequenas do lado direito. Imagino que se abram para quartos, e torço para que nenhum deles venha a ser meu. Cruzo os dedos, firmo o pensamento; que o dono da casa me negue, me renegue, me faça voltar com Marilza.

Ao fim do corredor, a sala. O homem está sentado em uma cadeira de balanço. Por trás das lentes, os olhos fechados. A cadeira vai para frente e para trás; está acordado. A mulher de bobes o chama: Graça, essa senhora quer falar com você. A princípio, ele não se mexe. Logo os olhos se pregam em mim. Depois correm interrogativos para Marilza, e outra vez se voltam em minha direção. A mulher nos oferece um sorriso constrangido e insiste: Graça, elas querem falar com você. Neste instante ele se ergue e, sem despregar o olhar de mim um só segundo, cumprimenta Marilza com um aperto de mão.

Enquanto ela abre a bolsa e pede licença para espalhar sobre a mesa os documentos, as cartas, o camafeu, eu observo em torno: a mesa grande, forrada com toalha de renda branca; as cadeiras estofadas com veludo escarlate, as duas das pontas feito os tronos dos livros de histórias; os pequeninos pingentes de vidro brilhante na luminária pendente do teto; sobre o bufê, vasos cheios até a borda de biscoitos e doces; um móvel alto, com espelhos na parte interna, o vidro das portas desenhado com flores e frutos, os reflexos de uma luz a dourar taças, garrafas e compoteiras. No fundo da sala, uma máquina de costura.

Vejo ainda, sobre a mesinha baixa, encostada à parede por trás da cadeira em que seu Graciliano se encontrava sentado, uma radiola exatamente igual a que um dia vi em uma das casas onde a minha mãe trabalhava, e uma pilha de LPs — na capa do topo, a fotografia de uma mulher negra, um sorriso de dentes muito brancos, os braços abertos em pose de dançarina. O letreiro está de cabeça para baixo, e eu me esforço em decifrar o que está escrito ali: *Se acaso você chegasse*. As palavras, que parecem dirigidas a mim, me arrepiam os pelos do corpo, a começar do couro cabeludo.

Viro-me para a direita, e meu olhar recai sobre a imagem mais bonita do mundo. No quadro, uma Nossa Senhora de pé sobre uma rocha, o manto do mais puro azul a lhe entrançar as pernas, olha para baixo, para uma mulher ajoelhada de pés descalços e mãos postas, os lábios ligeiramente arregaçados em um balbucio de prece. Talvez seja noite, pois o céu por trás da Virgem é escuro, assim como são negros os cabelos da mulher que tem os joelhos no chão. Na lateral esquerda do rosto, desponta o olho que já vi em alguém — em quem, meu Deus? Há luz em Nossa Senhora e em seus braços estendidos; sobre eles repousa uma pedra grande o bastante para fazer qualquer um fraquejar, mas não a Virgem. Sólida como uma estátua de mármore e leve como um pássaro em voo, a mãe de Jesus parece flutuar acima de tudo.

Meu coração dá um pulo para dentro da pintura. Aproximo-me da mulher ajoelhada — usa saia longa com estampas de cartas de baralho; na cabeça, um lenço vermelho lhe cobre parte da testa, e os cachos entornam pelas costas feito ramas de jerimum; nos braços e mãos, incontáveis pulseiras e anéis. Agora chego mais perto e sussurro: Quem é você? De dentro da aura luminosa eleva-se a voz da Nossa Senhora, mas não é a mim que ela se dirige: Levanta, mulher, e toma tua pedra. A mulher vacila; eu também vacilaria. Embora se apresente em feição de coisa suave, uma pedra é uma pedra — como recebê-la e não desabar? Então, sem maneira de socorrer a pobre mulher, deito a cabeça em seu ombro e começo a chorar.

Não toque aí!, ordena a mulher que acaba de surgir por uma das portas menores. Afasto-me do quadro, enxugando as lágrimas nas costas da mão. Ela caminha como se arrastasse o mundo pelos pés e vem diretamente para mim. Tem mais anos do que a de bobes, e um bigodinho triste lhe cresce acima dos lábios. Tira os óculos e os bafeja; depois os esfrega na beira da saia e torna a ajeitá-los no rosto. Como você se chama?, pergunta com voz de cacto. Respondo sem gaguejar: Ramona, senhora, Ramona de Maria. A mulher que nos atendeu à porta põe uma das mãos sobre a boca e exclama: Misericórdia! A mais velha troca um olhar rápido com seu Graciliano e determina: Leva a menina lá para trás, Concebida; não podemos conversar à vontade com ela aqui. Marilza me faz um breve sinal com o olhar, e eu compreendo: devo seguir a mulher de bobes.

Ela me guia para os fundos da casa. Na passagem pela cozinha, sou invadida pelo cheiro intenso de fumaça e carne guisada. No quintal, enche-me as mãos de grãos de milho e ensina-me a chamar as galinhas, como se eu fosse uma criança pequena ou alguém de cidade grande que nunca pôs os olhos em uma dessas aves. Fico em silêncio, e ela começa: Ti, ti, ti. Num instante surgem de todos os lados galinhas, pintos e um galo; chispam para os pés da mulher, numa festa de pios e cacarejos. Em algum momento, me animo a abrir as mãos, e logo eles voam em minha direção. Alguns retornam para junto da mulher, e depois se lançam de volta para mim — indecisos, contentes demais diante de tanta fartura. Aos poucos, vão se dividindo em dois bandos. Concebida sorri e pergunta se eu gostaria de ser dona de um dos pintinhos. Balanço a cabeça, confirmando por confirmar, sem propósito. De que me serviria um pinto? Ela me aponta um menorzinho, de penas amarelo palha, desgarrado da mãe e dos outros. Na mesma hora, abaixa-se com agilidade e colhe o bichinho com uma das mãos. Agora lhe sopra a fuça seguidamente, como se costuma fazer com bebês em soluços. Estreitado entre os dedos afoitos da mulher, o pinto mal se debate. Ela quer saber que nome darei a ele. Ergo os olhos para o alto do tamarindeiro e me lembro de um personagem pálido e mirrado que conheci em um folheto de cordel. Tiburtino, eu lhe digo, e ela repete: Tiburtino, subitamente pensativa, como se Tiburtino significasse algo maior. Estica o braço e me oferece o trocinho amarelo. Não me animo; só quero saber o que conversam lá dentro. Dou dois passos para trás e sorrio como forma de compensar a recusa, mas não tenho certeza de que isso em minha boca é um sorriso. Gostaria de dizer a Concebida que ela não é feia nem velha como me pareceu minutos atrás, embora os bobes a tornem bem esquisita, e também que deve ter uma índole bondosa, como dizia minha mãe das pessoas que se mostravam simpáticas.

Tomo um susto ao ver a outra mulher surgir à porta da cozinha, de onde nos convoca: Venham! Pela entonação, tenho logo a certeza de que acaba de se desgostar, o que pode significar minha ruína. Passo por ela sem encará-la, intimamente agradecida por desejar que eu me vá. Paro à porta da sala, sem saber como me comportar, agora que o meu destino se encontra nas mãos de pessoas que até dois dias atrás eu desconhecia a existência. Os dois estão sentados em torno da mesa, de frente um para o outro: Marilza, de cabeça baixa, arruma alguma coisa na bolsa de mão; seu Graciliano apenas me olha de um modo sério. Tudo dito e decidido. Ele pede para que eu me aproxime. Neste instante sou surpreendida com o "Ramona" que lhe sai da boca, macio como o da minha mãe quando não estava cansada nem arreliada comigo. De cabeça baixa, os olhos a lustrar o piso, dou umas passadas em direção à mesa. Seu Graciliano cheira bem — o melhor cheiro que já senti em alguém, uma mistura de limão e terra molhada. Você sabe quem eu sou?, ele me interroga, e a suavidade da pergunta prenuncia a aceitação. Dois dedos de esperança me fazem pensar melhor, e um sonho se inventa dentro de mim; às vezes uma rejeição vem perfumada e embrulhada em papel de seda. Cruzo os dedos escondidos atrás das costas e respondo: Sei, seu Graciliano. Ele contesta, e a voz me chega com sabor de alfenim: Não, Ramona, sou seu Graciliano para os outros; para você, sou Avô, e é dessa forma que deve me chamar a partir de agora.

Ergo a cabeça. O rosto do homem que se diz meu avô tremula no marejado dos meus olhos. Não me deixará partir — agora é certo. Meu coração se contorce. Busco Marilza, e o seu olhar é de confirmação. Cubro o rosto com as mãos e choro como se acabasse de perder minha mãe outra vez. Concebida ensaia um consolo: Ó, menina, não chore assim! Marilza corre a me acolher dentro de um abraço, ao tempo que me sopra ao ouvido umas promessas de afeto e largueza. Ouço a mulher mais velha intimar os outros: Vamos esperá-las lá fora. Os passos se afastam, e eu me abandono ao desamparo, um fio de ilusão ainda amarrado aos soluços que me convulsionam o corpo: Não quero ficar, Marilza, não fico, eu lhe imploro, pelo amor de Deus, não me abandone! Ela se afasta ligeiramente, ergue-me a cabeça pelo queixo e pede que eu me tranquilize, afinal de contas estou em família, uma família de bem e de recursos; meu avô e minhas tias cuidarão de mim melhor do que ela, uma mulher sem posses e sem estudos, sem nada para dar a ninguém. Se por um acaso eu ficasse na companhia dela, acabaria da mesma forma que a minha mãe — num quarto e sala sem janelas, com um banheiro improvisado nos fundos, a limpar as casas dos outros por um prato de comida e alguns trocados. Discordo, e lhe digo que ela me basta em sua própria medida, a mesma da minha mãe. Ela me rebate, me chama de tolinha, eu a ofendo e a empurro para longe de mim, ela resiste e me aperta com mais força em seus braços. Por último, menciona as leis. As leis não estão a seu favor, até porque são os juízes que as fazem valer, e juízes não veem com bons olhos mulheres como ela.

Marilza se vai, o rosto desfigurado por lágrimas não derramadas. Aposto como irá chorar no interior do ônibus, na viagem para casa, dessa vez, sozinha. Luto para não me agarrar à barra da sua saia e me arrastar pelo chão para fora desta casa. Tombo junto à cadeira de balanço de seu Graciliano, a quem devo chamar de Avô a partir de agora. Encosto o rosto no assento, despeço-me da esperança, choro baixinho. As lágrimas escorrem livremente pelo entrançado de palhinha. Incrédula, assisto uma a uma pingar sobre o piso de cimento queimado.

A manhã invade o quarto pelos basculantes do janelão desguarnecido de cortinas. Desperto atravessada sobre tua cama, de bruços, ainda vestida na roupa com que fui ao velório e enterro de tia Concebida. Não tomei banho antes de dormir; sequer me recordo se cheguei a lavar o rosto ou a escovar os dentes. Empapada de suor, observo o ventilador preso ao teto a remoinhar sobre minha cabeça. Do interior da casa me chega o som de um rádio ou de uma tevê. O odor de café satura o ar e me dilata os sentidos. Pergunto-me quem estará na cozinha; com certeza alguém a quem tia Concebida confiava a chave de casa. Ergo-me sobre os cotovelos e olho as horas no relógio de pulso sobre a mesinha de cabeceira; quase nove. Busco o celular na bolsa jogada ao pé da cama. Estou sem wi-fi, e aqui a rede da operadora funciona de forma precária; impossível checar os e-mails e mensagens de WhatsApp. Por um breve momento inquieto-me. Sem internet, sinto-me desorientada. Decido não me preocupar. Mais tarde, vou ligar para Tomás. Cato na mala as duas nécessaires com produtos de higiene e remédios, e me movo para fora do quarto.

Na cozinha, deparo-me com uma moça jovem e risonha, cujas faces rosadas me lembram a Leiteira de Vermeer. Reconheço-a; encontrei-a ontem no cemitério. Apresenta-se como Simone, quem me deu por telefone a notícia da morte de tia Concebida. Agora me informa ser a pessoa que trabalhava para a tia. Diz tê-la encontrado caída ao pé do oratório. Chamou a emergência médica, o padre, a mortuária, os vizinhos — tudo por pagar, as notas sobre o aparador da sala. Simone quer saber se desejo sua presença durante os dias em que estarei aqui; sabe cozinhar, faxinar, lavar e passar roupa. Agradeço-lhe a disponibilidade e confirmo a necessidade dos seus serviços. Digo que não sei ainda quanto tempo ficarei; o necessário para a resolução de questões cartoriais.

Depois de um longo banho de água fria, visto calças jeans e camiseta regata, calço sandálias Havaianas e vou secar os cabelos no pátio. Desembaraço-os vagarosamente com um pente de cerdas largas. O calor da manhã me sobe pela coluna e me afaga a nuca, os ombros, os braços. A sensação de pureza é a mesma de quando era menina e me deixava estar ao léu, em andanças pela Micaela ou em torno da cidade.

Após o café com leite, ovos fritos e pão fresco comprado por Simone, sento-me à porta da cozinha e fumo um cigarro, o olhar a vaguear entre o telhado da casa vizinha, o tamarindeiro e os molambos de nuvens. Por um instante, penso na felicidade como sendo a ausência de pressa, a quietude mental, a vida centrada no agora. Simone me rompe o pensamento com perguntas sobre a hora do meu café da manhã, o tipo de comida que aprecio no almoço, no jantar, o quarto que pretendo ocupar. Esclareço que o meu antigo quarto voltou a pertencer aos santos das tias, e já me acomodei no quarto da frente, onde dormi noite passada. Sugiro uma sopa de legumes para o jantar, mas ao me lembrar do calor volto atrás. Peço que não se preocupe, mais tarde pensarei em algo frio, uma salada, quem sabe. Tampouco almoçarei em casa. Tenho planos de comer no mercado público e andar por aí sem hora para voltar. Quero rever a escola, o cinema, a fábrica de óleo, a caixa d'água, a linha de trilhos e dormentes que ia dar no antigo assentamento dos ciganos.

Simone me coloca a par de assaltos e outros tipos de violência ocorridos nos arredores da cidade, e aconselha: Como dizia minha mãe, cautela e canja de galinha nunca fizeram mal a ninguém. Mal posso crer que a selvageria de onde vim pôs abaixo as portas de Nossa Senhora das Pedras e se assenhorou do lugar. Em minha infância e adolescência, experimentei aqui uma liberdade sem limites no que se refere a tempo e espaço. Àquela época, ninguém prestava muita atenção em crianças, as ruas eram uma continuação de nossas casas, e todos sabiam quem era filho de quem. Durante as férias escolares, entretida em campear o mundo na companhia de Teo e Concita, eu permanecia em casa tão somente nos horários de refeição e dormida.

Tu gostavas dos meus amigos. Chamava-os Teodósio Filho e Menina Concita. Não te importavas com as observações preconceituosas da tua irmã mais velha, para quem Teo não passava de um mulatinho sem educação, filho de capataz de fábrica. Ela também torcia o nariz para

Concita, a sem eira nem beira, e te encorajava a me proibir de vê-los: não eram uma boa influência para mim. Para sossegá-la, assentias com a cabeça. No fundo, não davas o mínimo crédito às implicâncias dela. De mais a mais, intolerância e autoridade não faziam parte da tua essência. Consideravas, antes de tudo, o meu bem-estar. Não era por desgostar de mim que tia Anunciada agia daquela forma. Era do temperamento dela se incomodar com coisas desimportantes, como o fato de eu me sentar sobre as pernas dobradas, fazer barulho ao tomar sopa, ou beber café no pires, como minha mãe me ensinara, para que eu não queimasse a língua.

Há muito não tenho notícias de Teo ou de Concita. A despeito do nosso pacto de fraternidade com o corte dos indicadores e a troca de sangue, quando saí daqui já havia me afastado de Teo há alguns anos. Não atentaste para essa ruptura. Nesse momento estavas distante; nem mesmo ao retornar para o nosso convívio percebeste a ausência dele. Percebias quase nada, alheado, separado de ti mesmo, um Graciliano sobrevivente, estranho àquele de quem não pudemos nos despedir. Naturalmente hás de querer conhecer o motivo de tal rompimento; não te impacientes, chegarei lá.

Já a amizade com Concita perdurou até a minha partida. Embora eu e Teo houvéssemos mantido um segredo às suas costas, excluindo-a do nosso arranjo afetivo, não me julgou nem se distanciou, fato que me fez apreciar o quanto ela gostava de mim. Imperativa e voluntariosa, aquele gesto de grandeza, que a desmentia, tocou-me como um milagre. Apesar de Teo ser três anos mais velho do que eu, dois a mais do que ela, e se mostrar mais sábio na maioria dos assuntos, era Concita quem decidia o que devíamos fazer, que trilhas seguir para alcançar algum sítio, quais assentos tomar no cinema. E ela sempre se sentava entre mim e Teo. Foi preciso que contraísse sarampo para existirmos só nós dois. Teo cheirava bem, uma mistura de sabonete e roupa limpa. Como se esperássemos por isso desde o nosso primeiro encontro, nos demos as mãos ao som de *...E o vento levou* e, sob as bênçãos de Vivien Leigh e Clark Gable, nos beijamos pela primeira vez. Transportada ao sétimo céu — o corpo frouxo, a mente frouxa —, busquei na memória a imagem da minha amiga, e ela me surgiu anuviada, distante como uma Concita do além-mundo.

Sem objeções, eu e Teo nos submetíamos às vontades de Concita, quaisquer que fossem elas. Cedíamos a todos os seus caprichos. Reverenciava aquela autoconfiança, ainda que muitas vezes ela se mostrasse em meu desfavor, e descobria em Teo a mesma fascinação. Parecia não existir no mundo nada capaz de derrubar Concita. Impressionavam-me nela a intensidade e a força interior — uma combinação de inteligência rápida, assertividade e determinação. Quando quero uma coisa, dizia aprumando o rosto, sempre chego lá, e, num gesto teatral, remexia-se com as mãos na cintura. Aquilo, dito daquele modo, às vezes me assustava.

Lembro-me agora dos pequenos furtos. Enquanto ela se movia dentro das lojas, na embromação dos vendedores com um palavreado astucioso, eu e Teo permanecíamos nas cercanias, escondidos atrás dos pés de fícus. Em algum instante, Concita largava a correr, e nós corríamos também, meu coração acelerado como se tivesse sido eu a autora do crime. Íamos nos deliciar bem distante dali com as sodas, os bombons, os sacos de ciriguelas, cajaranas, umbus. Às vezes, presenteava-se com uma calcinha de náilon, uma pulseira de plástico, uma presilha para os cabelos, um vidro de esmalte. Meu primeiro sutiã foi um regalo de Concita; cor-de-rosa, recoberto com rendas, uma pequena lantejoula incrustada entre os bojos, vivia escondido no fundo da última gaveta do meu armário. Temia que as tias o encontrassem e me interrogassem; não saberia o que dizer. Um dia Teo foi agraciado com um jogo de dominó; relutou em levá-lo para casa. Na caixinha de madeira, as pedras, que Concita declarava serem de marfim — na verdade, eram de osso —, tinham um valor imensamente superior aos alimentos que, sem pruridos, costumávamos receber dela. No que ela lhe estendeu o presente, fez cara de desgosto e deu dois passos para trás. Porém, bastou ela morder o lábio inferior e encará-lo grave e demoradamente para Teo recuar e meter a caixa dentro da bermuda.

Ficamos muito próximas nesse período em que Teo já não nos acompanhava. Concita procurava distrair-me, afastar meu pensamento da traição que ele me pregou, a maior e mais torpe de uma vida, e também da minha própria. Sim, eu te traí. Poderia ter confessado a minha deslealdade por ocasião do teu retorno. Todavia, além das condições delicadas em que te apresentavas, estavas no centro de toda aquela confusão, e eu não podia te fazer sofrer mais do que já sofreras, tampouco correr o risco de perder a tua confiança. Meu maior receio era que o teu amor me fosse tirado. Bem sabes que as pessoas matam e morrem em nome do amor, matam e morrem para ser amadas. Mesmo agora, quando posso falar sobre o que aconteceu sem teu olhar severo sobre mim, sem o receio da tua palavra de condenação ou a convicção do teu perdão, tremo e volto atrás, e me proponho a te contar mais tarde. Ainda não me sinto pronta para te confessar a verdade, se é que a esta altura a verdade pode te afetar. A mim, sim. Lamento não haver assimilado de ti a bravura; padeço a fraqueza dos reticentes e mentirosos — o medo corrompe os fracos, engendra monstros e os alimenta com cotidianas porções de medos menores.

Buscávamos os lugares mais ermos, as árvores de frondes mais largas, o silêncio pontuado apenas pela cantiga de grilos e pássaros. Concita tomava emprestadas de uma amiga da mãe umas fotonovelas, e eu levava minha pequena vitrola a bateria, presente teu em dia de aniversário. Ao som dos Beatles e Carpenters, gastávamos horas na leitura conjunta daquelas histórias de amores marcadas por impossibilidades de toda sorte e finais felizes. Nunca nos cansávamos de ouvir Jane Birkin e Serge Gainsbourg em *Je t'aime, moi non plus*; embora desconhecêssemos a língua da canção, derretíamos com os cicios dos amantes, e nesses instantes eu me afogava na lembrança de Teo. Jamais o mencionávamos. Apesar de havermos decidido assim, a falta dele nos escoltava aonde quer que fôssemos. Teo era uma sombra inarredável deitada sobre os nossos mais valiosos sonhos.

De quando em quando, ao me encontrar sozinha, ruminava o comportamento de Concita e me questionava sobre a despreocupação dela com aquela perda, o aparente alívio com o afastamento de Teo. Talvez não o amasse tanto quanto eu. O certo é que me era impossível pensar naquilo com clareza. Concita me intrigava, como se ela se tecesse de uma matéria secreta e estranha àquela de que se faziam todos os conhecidos.

Troco minhas Havaianas por tênis e me despeço de Simone, não sem antes lhe indagar sobre o quadro da Madona. Aponto o espaço agora ocupado por uma televisão presa a um suporte de parede. Ela balança a cabeça em desconhecimento. À porta, torna a mencionar os perigos que rondam os limites da cidade e, ao reiterar a necessidade de cuidados, sugere que eu busque uma companhia. Quem poderia me seguir nessa jornada tão pessoal? Penso em Concita; por onde andará? Em Tonho Mefisto — lembras dele? Desaprovavas minha amizade com um homem quase trinta anos mais velho, rejeitado pela própria família, precocemente aposentado do serviço público como maluco. Havia quem dissesse que era usuário de drogas. Outros iam além e insinuavam um pacto com o Diabo, esse tipo de fantasia que se costuma criar em torno de pessoas incomuns e solitárias. Ao conhecê-lo, eu não possuía nenhuma dessas informações. Foi fácil gostar da música que ele ouvia, da forma como pintava, das histórias sobre pensadores e artistas — a genialidade e a loucura de músicos, poetas, pintores: Rimbaud encharcado de absinto, alucinado de haxixe e poesia, e seu longo exílio sob o céu avermelhado do deserto; Jeanne Hébuterne e o suicídio um dia após a morte do seu amado Modigliani, na carne morta, o feto de nove meses; Dali, Gala e Breton, um amor a três, assim como o nosso — eu, Teo e Concita.

Caminho em direção ao centro. O ar seco roça-me a pele, invade-me mornamente as narinas. A manhã deita reflexos fulvos sobre a cidade, como se Deus peneirasse ouro sobre todas as coisas; algumas, irreconhecíveis. Aqui, onde se erguia um sobrado de dois pavimentos e janelas com balcões mouriscos — a antiga morada oficial dos juízes —, surge agora um centro comercial. Lá, na vivenda que ostentava o belo frontão de azulejos portugueses, uma academia de ginástica. Um templo evangélico no lugar da casa dos meus sonhos; deves recordar-te dela. Àquela época pertencia a um chefe político de quem parecias desgostar; quando não conseguias desviar-te a tempo, tu o cumprimentavas com um "oh!", vomitado sem disfarce. Evidentemente, eu não enxergava ali princípios estéticos, mas tão somente a beleza materializada no torreão, na varanda de arcos escorados em colunas, nas janelas ogivais, nos afrescos de azulejos pintados com motivos frutais — uma mistura de arquitetura barroca e neoclássica.

Tropeço os olhos nesta imitação chinfrim de metrópole: lan house, lavanderia, mercado, hamburgueria, cafeteria, restaurantes, espaço para eventos. Prédios de muitos andares — gigantes empalhados de olhos cegos —, feiuras, verdadeiras aberrações erguidas sobre o que um dia existiu e se pensou ser para sempre. Sim, puseram por terra, literalmente, as linhas arquitetônicas de outrora, a simetria do antigo casario, a expressiva estética da urbanização portuguesa no Brasil. Por que não conciliar o moderno com o antigo, preservando-se, assim, a história urbana de Nossa Senhora das Pedras? E me pergunto quando exatamente entretenimento de massa passou a ser considerado sinônimo de civilização.

Viro na primeira esquina à direita. O prédio da escola continua lá. Levantaram o muro, antes cercado por cróttons e cardeiros, seguramente para dificultar as eventuais fugas por parte das alunas. Aproximo-me com pernas relutantes. Diante do portão de ferro, constato as inovações: grades nas janelas, quadras de esporte, paredes tingidas de azul-faiança. Lembras do meu primeiro dia? Havia me submetido a um teste, e o resultado não me permitira cursar o primeiro ano ginasial. Em casa, passara mal a mal pelo teu crivo de leituras, ditados e operações aritméticas, as aterrorizantes frações.

À época, pensei em minha mãe e em seu desconsolo se estivesse viva. Confiava nos bancos escolares para que eu me tornasse melhor do que ela: subir na vida por méritos próprios, ir à universidade, sair de lá com um diploma, arranjar um emprego decente como professora, quem sabe, médica, ou advogada para a defesa dos humildes; era o máximo a se alcançar na vida. A educação, afirmava, é um diamante. Para mim, porém, não passava de um pesadelo; os estudos, necessários à concretização do sonho da minha mãe, tomavam-me o tempo de viver. A vida não podia estar nos livros, onde as palavras morriam de inércia e solidão. A vida desvelava-se em inteireza e intensidade nos momentos em que eu me equilibrava sobre os telhados das casas, brincava de me esconder nas copas das árvores, pulava corda, saltava os quadrados da academia riscada no chão de barro, girava bambolê, jogava ioiô e baleado, corria de um lado para outro no pega-pega com as crianças da rua. Viver era ouvir minha mãe me contar histórias, a mais bonita e mais triste, a da menina de cabelos longuíssimos, enterrada viva pela madrasta por haver deixado os pássaros bicarem os frutos da figueira. No que o jardineiro ia roçar as ervas daninhas, ouvia-se a pobrezinha cantar, e me corriam suaves, quase doces, as lágrimas derramadas por aquela órfã de sina desumana.

Livros, para quê? A vida era pura reinação. A vida, a plenitude do abraço materno. Então, não havia razão para eu me apressar com os estudos. O futuro me acenava de um tempo tão longínquo, que eu sequer lhe vislumbrava a mão.

Honestamente, tenho dúvida de que a minha mãe, se hoje estivesse viva, estaria orgulhosa de mim. Abandonei dois cursos: o primeiro, de Educação Artística, para mochilar por uma parte da Europa durante quase um ano, na companhia de um amigo. Escolhemos Florença, do início da primavera ao fim do verão. Armávamos nossos cavaletes nas imediações dos museus ou nos mercados de pulga. Com frequência, pernoitávamos na rua, metidos em nossos sacos de dormir. Enquanto eu pintava paisagens e naturezas-mortas, na esperança de que turistas desavisados as comprassem, meu amigo, como um bom retratista, dava-se melhor. Mais tarde, tornei à universidade, e também dessa vez acabei largando o curso de Arquitetura para viajar pelo Peru e pela Bolívia com um grupo de amigos e amigos dos amigos. Nessa ocasião, conheci Tomás, tão jovem e cheio de sonhos quanto eu. As artes plásticas nos conectaram prontamente. Certa vez ele me confessou ter se tomado de amor por mim ao primeiro instante, à primeira fala. Ao sermos apresentados por um dos nossos amigos, perguntou-me à queima-roupa: Então, Ramona, se você não fosse quem é, quem gostaria de ser? Sabedora da sua atuação como *marchand,* respondi sem titubear: O Fragonard de *A fonte do amor.*

Sem conquistas acadêmicas, minha mãe encararia minha profissão com descrença, e passearia os olhos pelos quadros expostos na galeria sem dissimular a frustração. Quem sabe tecesse algum comentário irrelevante sobre alguma das minhas pinturas, ou mesmo me indagasse à sua maneira direta: Com tantas coisas bonitas no mundo, por que retrata a miséria, Ramona? Por certo eu buscaria persuadi-la da significância das minhas atividades artísticas, e lhe diria que os *Meninos da cidade*, os meus *Meninos*, não obstante o abandono, a fome, o crack, são belos simplesmente por serem crianças, por andarem por aí esquecidos da morte, ainda que ela os acompanhe quando eles ziguezagueiam pelas ruas, driblam os veículos em movimento, fogem dos policiais, recebem as moedas oferecidas pela janela parcialmente aberta do carro parado no sinal de trânsito.

Não lastimo minha escolha. Vocação, pulsão, fascínio ou qualquer outro nome que se queira dar a esse sentimento, não consigo imaginar a vida sem a pintura. Podes crer no que te digo, não saberia fazer outra coisa.

Naquela primeira manhã de aula, tu me conduziste vestido com esmero. Calças e camisa de mescla cáqui, sapatos de festa, um Ramenzoni na cabeça — ou seria um Prada? Um lorde, como diria minha mãe se pudesse vê-lo.

Seguíamos de mãos dadas; tu, mais solene do que em outros dias. Minhas passadas não acompanhavam o otimismo das tuas, e meu coração batia em compasso de um condenado a caminho do cadafalso.

Tia Anunciada costurou-me o uniforme: uma blusa branca de mangas curtas e gola de marinheiro azul-marinho, saia de plissas também azul-marinho. Tia Concebida comprou-me meias brancas que me vinham até os joelhos para encobrir as cicatrizes de quedas e picadas de insetos, além de sapatos de um preto lustroso, e me prendeu os cabelos num rabo de cavalo, o elástico escondido sob o laço branco de gorgorão. Depois de me acariciar os braços e a nuca com lavanda, ela me entregou a bolsa de couro com os livros, cadernos e um estojo de madeira com tampa sanfonada, onde se viam dois lápis grafite, uma caneta, um apontador, uma régua de dez centímetros e duas borrachas. Os doze lápis Faber-Castell tiraram-me uma noite de sono; vinham arranjados numa caixinha de papelão, em gradação de cores. Eu os retirava da caixa, aspirava o perfume de madeira pintada, deslizava-os entre os dedos e tornava a arrumá-los nos matizes do arco-íris.

Àquela manhã, antes de sair de casa, recebi elogios das tias. Tu me concedeste um sorriso de brancura e dentes alinhados, o mais largo desde a minha chegada. No entanto, sentia-me aprisionada em uma camisa de força. Definitivamente, aquele traje tão limpo e harmonioso que me vestia fora feito para uma menina de boas maneiras. Eu passava ao largo das regras de algo que se possa chamar de educação, criada praticamente na rua, sem uma mãe para determinar: Passe já para dentro de casa; Vá estudar;

Hora de tomar banho; Esfregue bem esses pés; Penteie os cabelos; Escove os dentes. Como ser eu mesma sem macular o uniforme com rasgões, respingos de tinta, borrões de terra, nódoas de frutas?

À frente do portão da escola, meninas vestidas como eu pararam de conversar e passaram a me observar com evidente atenção. Imagino que a curiosidade não tenha sido saciada com as informações que rapidamente correram de boca em boca. Ao invés de sossegá-las, o conhecimento da minha origem exacerbou a bisbilhotice, e nem mesmo a ciência da orfandade materna lhes arrefeceu o ânimo de perseguição. Logo, aquele universo de hostilidade me traspassou a alma. A princípio, tentei explicar o inexplicável. Onde estaria meu pai? Tu não pudeste me ajudar — o filho exilado de casa por vontade própria, anos e anos sem uma palavra por carta ou telefone, nenhuma notícia capaz de lhe atestar a vida ou a morte. Por que meu pai se fora? O que o fizera largar a própria família? Eu, um poço de ignorância. E os olhos das meninas a me tirar pedaços.

A humilhação descia sobre mim nas falas interrompidas à minha passagem, em perguntas feitas em tom acusatório, entre piscadas, cochichos e sorrisos falsamente complacentes. Um dia, colaram-me um rabo de papel no cós traseiro da saia. Despercebida da ofensa ali pregada, deixei a sala de aula e me encaminhei confiadamente para a saída. Uma das madres adiantou-se e, visivelmente transtornada, agarrou a tira de papel na tentativa de me impedir a leitura das palavras grafadas em tinta vermelha. Tomei-lhe das mãos a minha vergonha; ao deitar os olhos sobre o papel, uma onda de pesar me derrubou e me sacudiu para a rua.

A princípio, o insulto pareceu-me absurdo. Pensei tê-lo conduzido comigo tão somente até o instante em que, a caminho de casa, rasguei o rabo de papel em pedaços mínimos e os joguei em uma lixeira de rua. Porém, a indignidade ali rabiscada entranhou-se em mim com a força das coisas verdadeiras, ainda que indistintas ou negadas. Se queriam esmagar-me, esmagaram-me.

Tu te recordas de uma doença não diagnosticada que me fez refém da cama por um longo período, com noites ardentes de febre e delírio? Durante o dia, quando a temperatura se mantinha mais baixa, eu permanecia de olhos cerrados. Evitava, assim, que tu ou as tias pudessem enxergar o fosso quente de abandono onde eu tombara. O doutor Humberto vinha me ver diariamente, mais pelo final da tarde, quando quase sempre as labaredas começavam a me queimar a consciência. Em algum momento, descrente da minha sobrevivência, tu te preparaste para me levar para a capital. Todavia, não foi necessário; gradativamente, fui me recuperando. Certo dia, em pé e cheia de apetite, fui obrigada a voltar à sala de aula.

Não fazes ideia das minhas emoções àqueles dias. Com quem as partilhar? O caminho para chegar em ti era sinuoso e cheio de obstáculos; receava não conseguir expressar os sentimentos dúbios e angustiantes que me avassalavam. Envergonhava-me de ser quem eu era. Envergonhava-me sobretudo de não reagir às agressões das colegas. As frases vindas à cabeça quando estava sozinha esboroavam-se em um piscar de olhos na presença delas. O que terias me dito se eu houvesse conseguido te abordar: Falam por aí que sou bastarda, esse outro nome dado para filha da puta; isso é verdade? De que me valeria o teu sim ou o teu não, se, mais do que tu, mais do que ninguém, eu tinha a resposta?

Tu havias me alertado para prováveis dificuldades. Intrigada, indaguei a que espécie de dificuldades te referias, e me disseste: Ora, com os livros, os testes, esse tipo de coisa. Passavas longe de imaginar que crianças como eu, meninas de fala almofadada, sorrisos veludosos e inocentes laços nos cabelos, filhas de pais que te conheciam e te respeitavam, pudessem ter o espírito pervertido de alguns adultos. De qualquer forma, meu temperamento não se conciliava com tristeza nem autopiedade, e se havia um demérito naquela história, ele não era meu. Então, ao tornar à escola, desafiei as pestezinhas com distância e silêncio. As mais ousadas não se renderam. Porém, eu me determinara: ninguém mais iria me maltratar. A raiva me dera uma compreensão da minha força. Assim, passei a olhar minhas colegas como se elas fossem puro ar, e meus ouvidos fingiam estar entretidos em uma melodia interna, que me fazia bater o pé num ritmo original. De tanto afetar uma falsa impermeabilidade, aos poucos consegui afugentar grande parte das harpias. Outras, porém, persistiram nos sorrisos maliciosos, nas reviradas de olhos e nas indiretas cruéis.

Meu rendimento escolar desabou no segundo semestre, e a Madre Superiora mandou te chamar. Torci para que ela não te colocasse a par dos últimos acontecimentos, mas bastou os meus olhos cruzarem com os teus para eu compreender o tanto que te deram a saber. Deves ter exigido da direção uma ação enérgica, pois dois ou três dias após a tua visita à escola eu me vi inteiramente livre do assédio. Deixaram-me de mão. Observavam-me ainda, hesitantes, vagamente apreensivas, e algumas, mais tarde, talvez sinceramente arrependidas, aproximaram-se com gestos e ofertas amistosas. Tarde demais. Àquela altura, eu perdera a vontade de ser aceita. Então, de rejeitada, passei a tolerada. De certa forma, esqueceram-me.

No início do ano seguinte, durante as férias escolares, conheci Teo e Concita. Provavelmente nunca teríamos nos falado se o acaso ou o destino, como preferires, não nos tivesse atirado nos braços uns dos outros. Não obstante vivêssemos em uma cidade pequena, estudávamos em escolas diferentes e tínhamos interesses diversos. Na primeira hora, Concita mostrou-se convencida e insensível, nem um milímetro melhor do que as minhas colegas de classe. Detestei-a com todas as forças, e amei-a quase em seguida. Amei-a desde o instante em que me alertou para o fato de que filhos da puta não sabem quem são seus pais; se eu conhecia a identidade do meu, decididamente não era filha da puta. E pediu que eu jamais me esquecesse de que meu pai se fora quando não sabia de mim, e me deixara um avô equivalente a dois pais, enquanto o dela escapara como um ladrão, na calada da noite, sem um bilhete de despedida, quando ela tinha apenas oito anos, e o irmãozinho era tão somente um recém-nascido, como se eles e a mãe fossem cachorros molestados de raiva. A fala de Concita, de uma simplicidade e de uma verdade contundentes, acabou por restabelecer a minha confiança no mundo.

Dou meia-volta e sigo em direção ao cinema. No firmamento, o sol alcança o ponto mais alto. Caminho devagar, um calor de mil infernos a me amolentar. Em pouco menos de um quilômetro, alcanço a porta larga do edifício. Na fachada, deparo-me com o letreiro quase completamente desbotado: *Lumière*; assim também o *Bilheteria* acima da pequena abertura gradeada. Na placa pichada com palavrões indizíveis, um *Vende-se* em letras garrafais. Fecho os olhos, e a imagem do baleiro junto à bilheteria, o tabuleiro dependurado ao pescoço, rende-me lágrimas da mais pura doçura — tu me davas dinheiro para a compra dos bilhetes de entrada e dos rebuçados: chicletes Ping Pong, balas Juquinha e Toffee, pirulitos de caramelo Zorro, pastilhas de hortelã Garoto, drops Dulcora. Ao contrário de Concita, Teo rejeitava a tua generosidade; nem bilhetes nem balas. Orgulhoso para assumir uma eventual falta de dinheiro, farrapava nossas sessões com a sua ausência. Ao nos encontrar, justificava-se com mentiras ligeiras que me roíam o coração.

Um senhor aproxima-se com ar de entusiasmo, as calças imensamente folgadas, os fundos a lhe alcançar os joelhos. Talvez não lhe pertençam ou o tenham vestido em um tempo em que era maior — recentemente descobri que a velhice encolhe as pessoas. O homem abre um sorriso de poucos dentes e indaga: Está interessada em comprar o prédio, senhora? Estou de passagem, respondo, vivi aqui em Nossa Senhora das Pedras quando jovem; este edifício tem para mim um valor sentimental. Ah!, o homem murmura, e o sorriso lhe morre nos lábios.

Pergunto-lhe se é o proprietário, e ele esclarece que apenas cuida da manutenção do espaço. Se eu pudesse entrar, insinuo. Embora não diga sim nem não, o homem saca um molho de chaves de um dos bolsos das calças e se encaminha para a porta. No *hall*, por trás dos painéis revestidos de vidraças, conservam-se ainda os cartazes amarelados de filmes antigos, talvez os últimos exibidos aqui, supostamente na década de oitenta. Indago-o sobre a serventia do prédio desde o fechamento do cinema, e ele responde-me que até pouco tempo atrás era locado para eventos onde se fizesse necessário um grande auditório.

Após acender as luzes do salão e me convidar a estar à vontade, o homem desaparece pela escadaria que vai dar no piso superior. Sento-me na última fila; não me recordava de que os assentos de madeira eram movediços e rangiam aos mínimos movimentos. Quando o filme não nos prendia a atenção, eu e Concita aproveitávamos para nos divertir. Sentávamos na extremidade dos assentos e os empurrávamos para cima com um impulso dos pés; depois arriávamos com estardalhaço, sob os "psius" irritados dos vizinhos. Penso que Teo se inibia de compartilhar a brincadeira; julgava-se homem e, de fato, era alto como um deles, e magro como uma escultura de Giacometti.

Eu e Concita preferíamos os dramas açucarados, como os de Franco Zeffirelli, as aventuras selváticas de Tarzan e os épicos, a exemplo de *Ben-Hur* e *Lawrence da Arábia*. Também exultávamos, tanto quanto Teo, com as acrobacias marciais de Bruce Lee e com os faroestes, onde a natureza bela e inóspita do oeste americano se fazia personagem tanto quanto os heróis, os bandidos e os indígenas.

Cruzo a porta de saída sem me despedir do senhor das calças frouxas, ainda enfiado lá em cima, na antiga sala de projeção. Antes de seguir rumo ao mercado público, entro numa farmácia e compro um protetor solar. Lambuzo-me com o produto ali mesmo — rosto, colo e braços —, enquanto me refresco um pouco junto ao ventilador de pé. Parece-me que Nossa Senhora das Pedras nunca foi tão quente e abafada; culpa, por certo, das mudanças climáticas provocadas pela ambição desmedida do homem moderno. Expostas a uma temperatura tão alta, as coisas me dão a impressão de estarem a se desintegrar pouco a pouco. Quando menina, não sofria com o calor, tampouco me incomodava a pele tostada de sol. Ao menos não me recordo dessas sensações — as crianças, naturalmente indiferentes a qualquer circunstância alheia à atmosfera paradisíaca em que quase sempre se encontram, são, com efeito, seres extraordinários.

Agora caminho entre crianças, cachorros e bancas de camelôs. Homens e mulheres expõem seus produtos sobre caixotes emborcados ou retângulos de panos abertos sobre a calçada; conversam entre si, sorriem para os transeuntes, oferecem suas bugigangas. A distância, sinto o aroma de frutas e legumes misturado ao de frituras. Não há mercado público no bairro em que vivo; faço compras em supermercados, onde a delícia dessas fragrâncias é engolfada por outras, como as de plásticos e produtos de higiene pessoal. Caminho entre boxes novos e asseados, engradados de verduras espalhados pelo corredor, vendedores solícitos e compradores precipitados. Sento-me ao balcão de um box de refeições. Uma senhora me atende, e eu hesito em pedir um prato feito: feijão mulatinho, arroz branco, bife acebolado, alface e tomate embebidos em vinagre. Talvez me caia melhor um cozido acompanhado de legumes, banana-da-terra e pirão gordo. Decido-me por um frango à cabidela. A felicidade me chega em forma de cerveja bem gelada servida em copo americano.

A bebida me aguça o desejo de fumar. Busco o maço de cigarros na bolsa e, de imediato, lembro-me da proibição, que inexistia no tempo em que eras vivo. Hoje em dia, nós, fumantes, não somos bem-vindos em nenhum local fechado do planeta e, quando fumamos em área aberta, os não fumantes nos olham com piedade ou menosprezo. Somos uma espécie de pária. Lembras de quando te contaram que eu andava fumando às escondidas? Na maior seriedade, tu me intimaste para uma conversa no escritório. Até então, nunca me chamaras a estar contigo ali, um espaço — a mim parecia — reservado para assuntos significativos, como os conferenciados com o doutor Humberto. Não sabia do que se tratava, e te segui com o coração aos corrupios. Não havia para mim nada mais detestável do que a simples possibilidade de te aborrecer. Com expressão triste e severa, passaste-me um longo sermão; enumeraste os inúmeros danos causados pelo cigarro e, ao final, mencionaste as lesões nos pulmões de um conhecido precocemente morto. Naquele instante, convicta do que te prometia, jurei nunca mais tornar a pôr um cigarro na boca. A princípio, empenhei-me em cumprir o juramento. Contudo, havia Concita. Bastava reencontrá-la, e isso ocorria quase diariamente, para eu me perguntar se o sacrifício valia a pena. Não me recordo com exatidão o que me fez capitular. Talvez o fato de vê-la fumar sem evidências de culpa a empanar a alegria daqueles momentos, exímia na arte de baforar e tecer pequenos círculos com a fumaça, a boca a se estreitar em um perfeito "o". Aos poucos, tua fala foi perdendo a aura de acerto e persuasão e, num certo instante, acabei por me convencer de que mais tarde, em algum recuado dia, em alguma remota hora, faria valer a promessa feita a ti.

Após o almoço, demorado por conta das duas cervejas, e desvanecida de calor, renuncio à ideia de visitar outros sítios. Todavia, no retorno para casa, faço um desvio e entro na pequena igreja do cruzeiro. À porta, um bafo frio me atinge, como se eu tivesse passado, sem desvios, do Inferno ao Céu. Lá dentro, não enxergo ninguém. Sento-me no primeiro dos bancos, junto ao altar. À minha frente, destaca-se a Nossa Senhora de quase um metro de madeira oca; os olhos, duas lagoinhas no mesmo tom do véu que lhe cobre os longos e seculares cabelos humanos. O silêncio, perfumado a incenso e parafina derretida, ressoa absoluto em meu peito. Quero parar o mundo, quero a vida consumada aqui e agora neste sentimento de plenitude. Contudo, a lembrança de um medo antigo vem profanar este instante. Em meu tempo de menina, acreditava piamente que os espíritos dos religiosos e poderosos enterrados aqui vagavam junto aos morcegos pelo vão penumbroso, e logo se abancariam ao meu lado ou bem atrás de mim, as mãos descarnadas repousariam sobre meus ombros, e os bafos fétidos me gelariam as costas. Se, àquela época, alguém tivesse me informado que os ricos sepultados sob os retângulos marcados no piso de cimento haviam comprado à Igreja os túmulos diferenciados e os assentos no Céu, eu não teria sofrido a vergonha de não conseguir entrar aqui sozinha.

Há muito não visito uma igreja. Nos últimos anos, a cada semana tenho deixado, na capela próxima de casa, grãos, legumes e músculo para a sopa dos sem-teto. Entrego os mantimentos à pessoa responsável e me vou. Embora tenha me livrado dos dogmas do catolicismo, preservo em mim a ordem e a beleza do Divino que permeou minha juventude. Deus era o Jesus pregado à cruz, as orações, os cânticos, o badalar dos sinos, a fumaça do turíbulo, o tilintar agudo da campainha. Deus era também a contrição dos joelhos dobrados, das mãos postas e olhos cerrados, os gestos solenes do padre Lauro em sua rica batina de gola e punhos rendados.

Tomás critica-me; acusa-me de preservar uma crença completamente infundada e ridiculamente infantil. Argumenta que, diante da sua imensa solidão, insignificância e irremediável temporalidade, sentimentos não atenuados nem mesmo com a existência da Arte, o ser humano viu-se obrigado a inventar Deus. Eu não me importo com o ponto de vista de Tomás. Precário e insuficiente como eu própria e como a vida, meu credo não me exige respostas fundamentadas nem definitivas. Infantil, talvez; superficial, não. Em algum momento compreendi que a fé é uma escolha; fiz a minha.

Com frequência, ao buscar compreensão para certos acontecimentos da vida, faço indagações a Deus. A resposta são imensos olhos de silêncio pousados sobre a minha ignorância. Tudo pode ser um sinal divino, inclusive, o silêncio. Trago aqui a pergunta do dia: Como pôde permitir que eu, Teo e Concita nos afastássemos da nossa natureza suave e infinita, da nossa integridade de seres de sonho, e nos perdêssemos de nós mesmos? Em momentos diversos, psicoterapeutas afiançaram-me que as respostas para essas perguntas estão todas em mim mesma e, por algum mecanismo sabotador da minha psique, não consigo acessá-las. Pergunto, então, não a Deus nem a psicanalistas, mas a mim mesma: Como obter respostas seguras quando elas envolvem os sentimentos dos outros?

Deus entrou em minha vida ao tempo em que vim viver contigo. Não por obra tua; assim como minha mãe, que não tinha salamaleques com a Igreja — fui batizada por força da vontade de Marilza, tomada como madrinha, e unicamente por desejo dela cheguei a fazer a primeira eucaristia —, tu não te afinavas com o universo religioso. Logo dei-me conta da pouca credibilidade que davas ao padre Lauro, e nem foi preciso indagar o significado de fanfarrão, palavra com que eventualmente aludias a ele, sob os veementes protestos de tia Concebida, que tratava o padre com a devoção de um Jesus retornado à Terra. Foi ela quem me enfronhou nos rituais sagrados — missas, novenas e procissões eram carrosséis de beleza e mistério; a cada volta, eu subia e descia em luz e calidez, ah!, um enlevo aqui, ah!, um breve fulgor ali. Era doce ser pequena e ignorante; era deleitoso curvar-me perante a vastidão das coisas sagradas.

Às vezes, Deus me surgia com um semblante litigioso, especialmente em momentos de confissões, quando eu desfiava os expressivos pecados da carne, e de penitências — Padre-Nossos e Ave-Marias me provocavam um torpor que passava ao largo do sagrado. Perguntava-me como era possível que, sendo tão grande em sabedoria e generosidade, Deus se deixasse afetar por meus cochilos em noites de novenas ou pelos atrasos para a hora da confissão, o que me impedia de receber a hóstia consagrada. Nenhuma dessas faltas possuía um caráter relevante. Parecia-me compreensível que Deus me condenasse por sensações inelutáveis provocadas pela errância das mãos de Teo em meu corpo, pela voracidade dos nossos beijos, afinal de contas aquilo podia ser tão grande ou maior do que o sentimento que me conectava a Ele.

Deixo a igreja. Cá fora, esbarro com um céu baixo de tom azul desmaiado. Molambos de nuvens prenunciam a queda iminente de água. Estugo o passo a caminho de casa. Não quero me molhar. Deves estar te perguntando onde foi parar a menina encharcada de felicidade que corria aos pinotes, a boca aberta para o alto, os pingos a lhe pinicar as faces. De longe me chegavam os chamados das tias, as ameaças com o gargarejo de água dormida em romã, o lambedor de mastruz com leite, as pinceladas de violeta genciana na garganta. Afligiam-se com a minha saúde, embora eu adoecesse pouco, e quando um resfriado ou uma amidalite me derrubavam na cama por um dia ou dois, passavam-me na cara a desobediência. Sorrias, tão incrédulo quanto eu; como o bafo perfumado que precede a chuva, a terra quente sob os pés descalços ou as roupas ensopadas e coladas ao corpo podiam me fazer mal?

A chuva chegava antes da chuva. A chuva era uma atmosfera: nuvens entufadas no céu purpurado, miríades de insetos em voejos de inquietude, a coreografia das folhas secas e um odor de doçura a se desprender da terra e de todas as coisas que germinavam nela.

Desconheço o paradeiro da menina amante da chuva. Ignoro o que a vida fez dela, em que espaço seco e seguro a largou. Desaprendi o jeito de me abandonar à vida. A vida era um acontecer de branduras e imensidões; valia confiar nela. Todavia, em algum momento ela me arrancou as asas, nascidas bem aqui, no centro do coração — ponho a mão sobre o peito e ouço os suspiros melancólicos das cicatrizes.

Tia Concebida abre uma cama de campanha no quarto do oratório e a forra com lençóis perfumados, bordados com as iniciais CG. Ao lado da cama, sobre uma mesinha, as imagens dos santos me espreitam com assustadores olhos de gesso. A tia percebe minha apreensão e garante: Não se impressione, Ramona, em breve os santos serão transferidos para outro cômodo da casa, e um armário e uma cama decentes serão comprados para você. Aliviada com a notícia, deito-me, e, já encolhida embaixo dos lençóis, agradeço. Ela me pergunta se sei rezar o Santo Anjo da Guarda. Não completamente lembrada da oração, balanço a cabeça que sim. Deitada no fingimento, cruzo as mãos e começo a balbuciar as palavras que me vêm à cabeça. Com cara de satisfação, tia Concebida se vai, não sem antes ligar o ventilador e apertar o interruptor da luz. Então, sou engolida pelo maior escuro do mundo. Encolho-me dentro dele. Nunca antes a vida parou de ser vida como agora. Nem mesmo nas noites em que minha mãe recebia visita, quando eu era obrigada a dormir sobre um pedaço de espuma assentado no chão na cozinha.

Não me atrevo a abrir os olhos. Tia Concebida deixou um vaso de ágata no chão, ao lado da cama, para que eu não tenha de me expor à noite do pátio. Porém, não me arrisco a colocar os pés sobre o piso e tatear o vaso. Temo que alguma coisa duvidosa e invisível, oculta embaixo da cama, me munheque pelos tornozelos. Espero a vontade de fazer xixi se aquietar, mas ela se alvoroça ao máximo, e eu acabo por me desafogar sobre o colchão. Uma mornidão se irradia por minhas pernas e costelas. Penso em minha mãe; costumava usar um plástico sob o lençol da cama para proteger o colchão da umidade e do mau cheiro. Aperto-me no canto da cama, contra a parede. Não ouso me mexer. Soluço baixinho até o sono me derrubar dentro da luz de algum sonho. Na manhã seguinte, sem uma palavra, tia Concebida, intuindo o meu desamparo, arruma a cama com uma proteção de plástico e espuma.

O Avô resolve demolir a parte de cima da parede do quarto onde durmo e pôr ali cobogós. A parede separa o quarto da sala de estar — também de refeições e de costura. O que ele gostaria mesmo era de poder abrir uma janela para o céu. Não há jeito; as casas se pregam umas nas outras, paredes contra paredes, o que o faz se decidir pela improvisação com os elementos vazados. Diferentemente das imagens de santos, ele diz, uma menina necessita de luz e ventilação, e, nessa hora, põe a mão sobre a minha cabeça e me despenteia ligeiramente os cabelos.

Todos os dias sou acordada pelo pai de Tiburtino, o pinto que me foi dado por tia Concebida. O bichinho continua seguindo os seus, sem me dar bola, inocente de que sou a sua dona. Galos deveriam se alegrar com o nascer do dia. Seus cantos, porém, estão mais para lamentos do que para cantos. Remexo-me na cama e penso em minha mãe. Penso ainda na escola das freiras, onde terei de estudar, e nos testes para os quais serei obrigada a me preparar em breve. Quando a luz da manhã irrompe pelas frestas da porta, volto a dormir.

De frente ao espelho, não me reconheço. Os vestidos, shorts e blusas, costurados por tia Anunciada logo que cheguei aqui, não me servem mais. Ando por aí toda me secando. Às vezes penso que vou morrer por falta de ar, e corro direto ao quarto para me desatacar. Em alguns dias, comi mais do que em todo o ano passado. Olho para trás. Pobreza era tão somente uma palavra triste na boca de minha mãe; agora sei o que é pobreza.

Mais tarde, sou novamente acordada, dessa vez pelo dobrado dos sinos da matriz. As badaladas me fazem

pensar em coisas boas, como o caderno de desenhos e a caixa de lápis coloridos, que me chegaram como material escolar. Um dia serei uma pintora como a Avó, e contarei histórias com telas, tintas e pincéis, histórias dramáticas como a da Nossa Senhora e a mulher pecadora. Junto com o badalar dos sinos, tia Concebida rasteia os chinelos pela casa; apronta-se para a primeira das missas do seu dia. E eu, embalada pela toada mais bonita do mundo, torno a cair no sono. Acordo com a fala do Avô em conversa com o pedreiro. Os serviços em meu quarto devem começar já, e as tias recomendam que o Avô me leve para a Micaela; o pó e a desarrumação me deixarão desconfortável e, quem sabe, doente.

Viajamos no jipe com fedor de cachorro molhado. O carro tem capota de lona, janelas de um plástico opaco que, se fechadas, empatam a visão lateral, e bancos laterais na carroceria, onde se amontoam rolos de corda e arame, sacos de estopa, dois galões, uma lona e uma espingarda. Saímos cedo, com o dobre dos sinos, a manhã ainda úmida da chuva caída durante a noite. Sento-me muito ancha no assento da frente, ao lado do Avô, e seu cheiro de água-de-colônia se mistura ao odor tonteante de gasolina. Esta é a primeira vez que ficamos juntos, só nós dois. Mantenho-me uns instantes calada, na expectativa de que me fale sobre a Micaela, mas ele não dá sinal de que irá abrir a boca. Então, me dano a lhe fazer um tanto de indagações. Os monossílabos e o meio sorriso são desanimadores. Uma planta conversaria comigo de forma mais bem-disposta. Como não me dou por vencida facilmente, vou em frente, quero saber tudo sobre a Avó, inclusive sobre o quadro pintado por ela. Vejo logo como ele luta para falar da mulher. Cora e se engasga ao pronunciar o nome impronunciável de uma certa doença que a deixou de cama durante meses. Penso em tia Concebida e no que ela me contou. Carmela, a cunhada, partiu assim, da noite para o dia, sem o menor sinal de que o coração estava para dar o tranco final.

Sem saber com quem está a verdade, se com o Avô ou a tia, calo-me. De verdade, não me interessa saber o que matou a Avó. Cismo com a razão que levou tia Concebida ou o Avô a mentir, mas não ouso questioná-los. Aferro-me, então, ao motivo da pintura. Antes, porém, peço que me diga o que o encantou ao conhecê-la. Carmela era toda olhos e silêncio, e ele confessa que isso foi o suficiente para cair de paixão por ela. Nascida para pintar, como um pássaro para trinar, um rio para fluir em direção do mar, Carmela, desde menina — como lhe contaram os pais dela — desenhava em qualquer superfície, com um graveto no chão de terra batida, um canivete nas árvores, um toco de carvão nas paredes. O quadro na parede da nossa sala, ele assegura, é o melhor trabalho da Avó, uma homenagem à origem da cidade — há alguns séculos, onde hoje se ergue a igreja do cruzeiro, uma mulher esmolambada e faminta teve a visão da Virgem; o milagre correu de boca em boca, e logo começaram as romarias, as oferendas, os votos de devoção. Não engulo a história; a narrada pelo Avô não me parece a mesma contada na pintura.

Enfim, meus olhos dão com a Micaela; branca e, em diversos tons, verde, aqui e ali pintalgada do amarelo e rosa das flores silvestres. Meu coração se encabrita. O Avô aponta os roçados de algodão: Nosso ouro branco! Tudo coberto de luz e envolto em um perfume adocicado. Imagino que esse aroma venha da terra, da seiva das raízes e folhas, das pétalas e brotos orvalhados. No mesmo instante, lembro-me da minha mãe; ela acreditava que, um dia, o melhor perfumista do mundo iria criar um perfume com a fragrância da natureza ao acordar.

Antes de atravessarmos o riachinho de águas rasas, avisto, no alto, a brancura de uma casa com imensas árvores no pátio, e no espaço azul acima dela, a nuvem escura no estranho bailado. Viro-me para o Avô e faço o Sinal da Cruz, exatamente como Marilza faria se estivesse aqui. Ele sorri, no jeito pouco dele de sorrir, e murmura, como se a fala pudesse enxotar a magia: Veja, Ramona, são avoantes.

Avoantes? O nome se retorce em minha boca assombrada. Conheço arribaçãs, mas nunca antes dei com elas em voos de bailarinas, muito menos a tecer no céu bordados gigantes de pipas, discos voadores, funis de se mover rios para mares.

Seu Assis, dona Artemísia e seus cinco filhos — dois rapazes que ajudam o pai nas atividades rurais, duas garotas mais ou menos da minha idade, e um pequeno que anda aos pulos, enganchado à saia da mãe para não cair — vêm nos receber no pátio. Encanto-me logo com o menino: as bochechas rosadas de boneco, o riso enfeitado por um bigode de leite, os olhos bem redondos, as dobrinhas de gordura nas pernas, a macieza das mãos a me puxar o diadema da cabeça.

Depois das apresentações, o Avô e seu Assis se afastam numa prosa de homens do campo, seguidos de perto pelos filhos e por Sabiá, um vira-lata de pelo baixo, cor de casca de pão, uma mancha escura entre os olhos que mais parecem castanhas-de-caju. O bicho não para de roçar o focinho entre as pernas do Avô; fareja-as como se ali se escondesse um tatupeba. Em desculpa por ter de adiantar o almoço, dona Artemísia segue para o interior da casa. Permaneço no alpendre com as crianças. Sento o pequeno sobre as pernas e o deixo brincar com as minhas pulseiras. As meninas não são de falar, sorriem apenas, e abanam as moscas que não nos dão trégua.

À noite, após a sopa de jerimum e o café com leite, acompanhados de uma boa conversa, deito-me com o Avô numa cama de molas, que solta uns rangidos cada vez que me viro de um lado para outro. Apesar de cansada e do alívio de ter, no escuro, uma presença suficiente a afugentar medos de qualquer espécie, levo horas para adormecer. O corpo ao meu lado não é o da minha mãe, não tem seu cheiro nem sabe do seu abraço. Além disso, sem um único comentário sobre o dia, o Avô, em dois tempos, mergulha num sono alto, tomado de roncos pavorosos, numa imitação de mundo a se acabar.

Acordo com o arrulhado das rolinhas-cascavéis, a música tintinada do badalo das vacas no curral ao lado da casa, o som abafado de vozes. A casa, que normalmente recende a esterco, couro e carvão, está incensada do perfume de café, cuscuz e ovos estrelados. Ao abrir os olhos, dou com o Avô ainda deitado, a me encarar com olhos de preguiça. Sorrio e lhe desejo bom dia. Ele move a cabeça e sorri também, como se me confirmasse um sonho bom. Eu brinco: Sonhou com os anjos? E ele, num sorriso estirado: Sim, com você.

Antes do café, com a frieza da manhã assentada em meus ossos — ainda me falta um casaco —, bebemos, em copos de flandre areados até o brilho, o leite das vacas ordenhadas por seu Assis e os filhos. Brancas, pretas, malhadas, algumas de um vermelho amarronzado de tijolo, mugem fundo como animais de caverna. O leite esguicha sobre o metal dos baldes em um chiado ritmado, e o Avô sugere que eu aprenda a ordenhar. Sento-me no banquinho, antes ocupado por seu Assis, e o imito. Ele sorri com a minha falta de jeito. Repetidas vezes, sob o olhar esperançoso do Avô, seu Assis me mostra como segurar a teta com os dedos na base, espremê-la e puxá-la firmemente para baixo. Na primeira tentativa após o ensinamento, a vaca abana a cauda sobre a minha cabeça e, por pouco, não desabo do banco. A gargalhada do Avô me enche de surpresa e encanto — pensei que ele não soubesse gargalhar.

Calçada em botinas novas, sigo o Avô e seu Assis em passeio pela Micaela. Quilômetros de coisas para ver — algumas, para ver e tocar. Vidas grandes e miúdas que me semeiam os olhos com pasmo. Às vezes, os dois se perdem em assuntos pouco atraentes — sementes, colheitas, o preço da arroba do algodão e da saca de milho, os danos provocados pela mosca-branca nos roçados de feijão. Afasto-me e ponho-me a colher florezinhas; decido arrumá-las mais tarde num copo com água sobre o paninho de crochê que forra o centro da mesa de dona Artemísia.

No açude, os socós afundam os longuíssimos pescoços nas águas, e a revência, por trás do paredão, mina um riozinho de pedregulhos branquíssimos, girinos, piabas, caramujos, tranças de arbustos, raízes de um mulunguzeiro. O gado pasta, agita as caudas para afugentar as mutucas, levanta as cabeças à nossa passagem, muge como se sonhasse, mastiga o capim, mastiga o tempo. As pedras erguem a brancura para o céu; da mais alta, em forma de bolo de noiva, é possível avistar outras propriedades, águas, telhados, volumes indistintos, talvez animais, talvez pessoas no campo. As lagartas atravessam as trilhas preguiçosamente, e o Avô me ergue nos braços para a visão dos ovinhos nas tigelas dos ninhos, tão alvos que me causam tontura. O algodão acaba de ser plantado; somente daqui a alguns meses poderei apertar nas mãos as bolotas de um branco acinzentado, como as da fotografia mostrada por seu Assis na noite passada. O milho começa a embonecar, e a lourice dos cabelos já se atira para fora da palha. Os pés de feijão lembram pequenas lagartas amarelas; alguns se abrem em miúdos leques de nervuras esverdeadas.

No fim da tarde, o salão em frente a casa de seu Assis se transforma em escola com a arrumação de cadeiras e tamboretes. Três vezes por semana, a professora contratada por meu Avô dá aulas aos filhos de seu Assis e às crianças e adultos que vivem nas proximidades. A classe única recebe alunos de idades diversas e diferentes graus de conhecimento. Imagino a confusão, mas logo compreendo como se dão a instrução e o aprendizado. O recém-alfabetizado se senta ao lado do leitor fluente, e este auxilia aquele que está sendo apresentado às letras. O Avô diz que nem o cansaço dos plantios e colheitas nem os trabalhos domésticos de um dia inteiro os atrapalham no desejo de aprender. A professora, que mora num lugarejo a algumas léguas daqui, desloca-se a cavalo, e enfrenta estradas ermas e escuras em sua volta para casa. Cada qual com a sua bravura; cada qual com o seu medo.

Letrado, seu Assis dispensa a cartilha da professora. Já à dona Artemísia faltam tempo e disposição para a leitura do mais simples abecedário, ocupada da hora mais nova da manhã à mais tardia da noite, em tarefas que me cansam só em observá-la: põe para ferver em caldeirões todo o leite ordenhado, depois de reservar algum para a coalhada; mói o milho; pila a carne; torce o pescoço da galinha e, depois de fervê-la, remove uma a uma as penas da bichinha; enche os tachos dos perus, guinés, galinhas e porcos com restos de comida; alimenta a boca negra do fogão com achas de lenha e as sopra com um abanador de palha até o fogo começar a crepitar; lava as roupas de casa no riacho e as passa com um pesado ferro a brasa. E o mais espantoso, faz tudo isso com o filho pequeno a engatinhar aos seus pés, choramingar e lhe pedir colo. As filhas, Adélia e Araci, procuram ajudá-la, conduzindo o irmão para longe, em brincadeiras que o entretêm brevemente, porque logo ele abre o berreiro, e nada pode detê-lo no caminho de volta para a mãe.

Seu Assis e família parecem contentes com as vidas, como se seus sonhos estivessem todos ali, nenhum para além das cancelas da Micaela. Para alguns, nascidos por certo com o traseiro virado para o brilho do sol e das estrelas, a vida é fácil desde sempre. Para esses, tudo se arruma no tempo e nas medidas certas — a comida sobre a mesa, o sono justo, a morte retirada. Para outros, a vida é mais dor do que vida. Marilza dizia que viver não é para todo tipo de gente, embora devesse ser, afinal Deus usou a mesma forja para nos criar, a mesma grandeza de carne e alma. A vida, porém, absoluta, torce o rosto para o Criador e faz o que bem quer com as pessoas.

De volta a Nossa Senhora das Pedras, tia Concebida me abraça e me fala em saudades. Ao me presentear com um vestido novo, tia Anunciada declara que estou ainda mais bonita, assim corada de sol e cheirosa a leite e capim. O vestido, de cambraia branca, com mangas curtas bufantes e gola em forma de meia-lua, é o mais lindo do mundo. Torço para me acomodar dentro dele, agora que cresço e engordo num exagero de me causar vexame.

O quarto está pronto. O oratório e as imagens dos santos foram finalmente removidos para o quarto de tia Concebida. Agora, pelos elementos vazados, espio a vida da casa: tia Anunciada no toque-toque da máquina de costura, a praguejar quando a linha se parte ou pula fora do carretel; tia Concebida no ir e vir, da cozinha à sala e da sala à cozinha, a entoar canções que deslizam entre os cobogós e se deitam em minha cama. Fascinam-me as histórias contadas nas canções, quase sempre sobre amores impossíveis: *Infeliz da minha mágoa, meus olhos são poças d'água, sonhando com seu olhar, ela é tão rica e eu tão pobre, eu sou plebeu e ela é nobre, não vale a pena sonhar...* ou amores infiéis: *Ela disse-me assim, tenha pena de mim, vá embora, vais me prejudicar, ele pode chegar, está na hora, e eu não tinha motivo nenhum para me recusar, mas, aos beijos, caí em seus braços, e pedi para ficar...*, ou simplesmente sobre amores acabados: *Não, eu não posso lembrar que te amei, não, eu preciso esquecer que sofri, faça de conta que o tempo passou, e que tudo entre nós terminou, e que a vida não continuou pra nós dois...*

Algumas canções me racham o coração, em especial uma das prediletas de tia Concebida. Conta sobre o amor entre um pai e um filho, e a tristeza de o filho crescer e olhar para trás de uma maneira que não compreende muito bem. Como se eu tomasse emprestados os olhos do filho, vislumbro a infância da canção, os anjos e as fantasias tão distantes, e me entristeço igualmente pelo pai, que tentou inutilmente enfeitar a vida do filho com mentiras que *também ajudam a viver.*

Fiapos de luz atravessam os cobogós, varrem a escuridão, embalam-me os sonhos. Com a ajuda da valeriana misturada à água com açúcar que a tia Anunciada acaba de me fazer beber, não irei acordar nem mesmo com a latomia dos galos ou o badalo dos sinos. Os temores ficaram para trás; as lágrimas, ainda não. Há noites em que me canso de secá-las.

Reservei o dia de hoje para resolver a questão da casa. No cartório, aonde vou primeiro, sou informada de que o inventário será extrajudicial, por escritura pública, de forma menos dispendiosa e mais rápida. Assim, devo contratar um advogado e providenciar documentos pessoais, além de registros e certidões. Provavelmente ficarei por aqui umas três semanas. Tempo de descanso merecido; não gozo de férias há alguns anos. Arcarei com o pesado pagamento de impostos e custos cartoriais, e naturalmente serei obrigada a mexer em minhas economias. Tal despesa me faz lembrar Tomás; costuma zombar de mim, do meu zelo exagerado com o dinheiro, dos meus gostos simples, da frugalidade dos meus prazeres, da forma despojada como vivo.

Minha riqueza, confesso, está no prazer diário de conviver com obras de arte, de constatar o deslumbramento nos olhos de quem as contempla, e em viajar eventualmente para conhecer peças de um colecionador ou de um artista emergente. De dois em dois anos, mais ou menos, dou-me ao luxo de me extasiar com os séculos de arte nos afrescos de Fra Angelico e Piero Della Francesca, com as apocalípticas *Guernica* e *O jardim das delícias terrenas*, ou de descer ao inferno das *Pinturas Negras* de Goya e dos corpos deformados de El Greco. Desconheço algo mais valioso do que a visão das *Ninfeias* de Monet, e guardo em mim, como um diamante rosa, a lembrança da soturna sensualidade das pinturas de Lucian Freud, da explosão de cores nos painéis de Jackson Pollock. A Tomás, digo simplesmente que sou senhora da maior fortuna quando reverencio a hipnótica *Medusa* de Caravaggio — o horror eternizado nas faces repuxadas, na boca aberta, nos olhos abugalhados para o que só ela pode ver; o que vê a Medusa, senão, a morte?

Requintado, sensível, vaidoso como um dândi, Tomás tem uma relação desequilibrada com o dinheiro. Obviamente não sofre como eu do receio atávico de voltar a ser pobre. E mesmo se por um acaso viesse a se arruinar, não perderia a confiança na vida nem em si mesmo. Desperdiça com gosto, abusa em noitadas regadas ao melhor uísque e a champanhe, Tom Waits, Björk e Antony and the Johnsons no volume máximo, o lavabo de casa quase sempre ocupado simultaneamente por três ou quatro pessoas na celebração ao pó. Uma vida social estéril. E lhe jogo na cara o maltrato ultrajante: Por que se deixa explorar por certos "amigos" inescrupulosos?

A moderação com o vil metal nunca foi o forte de Tomás e, por certo, a galeria já estaria de portas fechadas se não fosse eu a responsável pela administração das finanças. Vem de uma família abastada, gerações de homens de negócios, proprietários de plantações de café, executivos do lucro e suas dedicadas esposas, mulheres belas e fúteis que, como dito pelo próprio Tomás, por mais que se apliquem, não são capazes de dilapidar a fortuna amealhada pelos maridos. Tomás não herdou o tino produtivo do pai, avô, bisavô, tataravô e outros antepassados. A família enxerga nele, no seu incondicional amor à Arte, uma excentricidade, um desvio inconsertável de personalidade.

Polemizamos, às vezes, por questões artísticas. Divergimos, por exemplo, sobre o valor de algumas instalações. Uma cadeira com os pés colados a um teto merece estar num museu? Terminantemente, não. Marcel Duchamp que me perdoe; seu vaso sanitário jamais me convenceu como obra de arte. Onde, o artista? Onde, o mérito estético? Tomás discorda, e me tacha de conservadora. Alega que a Arte como conceito vai além do retratado em pinturas e esculturas — razão por que, no momento em que a instalação impõe sua verdade estética instantânea aos sentidos do espectador, suscitando reflexões sobre objetos que seriam meramente utilitários, não fosse justamente o espaço que ocupam, ela é, sim, uma obra de arte.

O escrivão me entrega dois cartões de advogados. Deixo o cartório e me dirijo ao endereço mais próximo, a três quadras daqui. Ao me aproximar, reconheço o trecho da rua onde se localizava a casa de Tonho Mefisto, bem atrás do coreto da praça. A fachada da casa é a mesma, adornada agora com uma placa, onde se leem dois sobrenomes separados por um &, como nas grandes bancas de advocacia.

Logo me encontro na sala devassada pela luminosidade que atravessa as vidraças das janelas. Sou atendida por uma moça que mantém o rosto meio escondido atrás de um monitor de computador. Ela me manda aguardar sentada, enquanto some por uma porta. Permaneço em pé, a olhar em torno, desapontada com a transformação do local. Ali, na parede oposta à janela, havia uma bancada improvisada — uma prancha larga de madeira sobre dois cavaletes —, onde Tonho espalhava, em uma desordem natural, tudo que se fazia necessário para sua produção artística: tigelinhas com água, potes com diluente, trapos secos e úmidos, pincéis, espátulas, papéis rabiscados, esboços, galões e bisnagas de tinta — os nomes me deslumbravam: azul-índigo, azul-ultramar, vermelho-magenta, ciano, amarelo-cádmio, amarelo-citrino. Mais adiante, ficava o cavalete com a tela; Tonho costumava deslocá-lo para lá e para cá, de acordo com o que pretendesse da luz, ou simplesmente o abandonava e trabalhava a tela sobre o piso.

A moça retorna e me autoriza a entrar pela porta por onde acabou de sair. O advogado está sentado atrás de uma escrivaninha larga. Levanta-se para me apertar a mão e faz um gesto para que eu me acomode na cadeira à frente. Sento-me e, de imediato, reconheço, na parede atrás da mesa, uma das pinturas de Tonho Mefisto. *Sonhos* é uma abstração expressionista; partes do corpo de um cavalo enrodilhados em novelos de lã. Entrego-me à lembrança dos dias em que esteve concentrado nela. Usou pincéis, espátulas e, sobretudo, os próprios dedos; lambuzava-os com tinha e pressionava-os sobre a superfície da tela — uma técnica que mais tarde identifiquei em outros artistas.

Nesse período, esteve às voltas com as abstrações — trabalhos em que desobrigava a cor de se tornar qualquer coisa —, embora incorporasse aqui e ali elementos alegóricos. A fase figurativa veio antes, quando eu ainda não o conhecia. Lembro-me de alguns óleos extraordinários. Àquele tempo, eu os julgava aterrorizantes. *Conversa entre Deus e o Diabo*, *A solidão de Jesus*, e um outro, cujo nome não me chega agora, em que uma Madona mergulhada em sombras braceja entre aves de rapina, este último bem ao estilo Bosch, apesar de não existir indícios de que Tonho fosse religioso ou místico. Houve também a fase dos pássaros de bicos retorcidos, dos cães de escamas vermelhas e caudas de espinhos. E os memoráveis lírios — imersos numa luz adamascada, pareciam tremular à superfície da tela, como se um vento delicado os embalasse numa sensação de tridimensionalidade.

Às vezes, livre do cavalete, da paleta, dos pincéis, Tonho vertia tinta líquida sobre porções da tela e, segurando-a, deixava a cor escorrer para lá e para cá, num incêndio de formas soberanas — uma pintura acidental, embora ele afirmasse saber exatamente o que fazia ao atirar sobre a tinta ainda úmida estilhaços de vidro, gravetos, pequenos seixos, penas de pássaros. Minha pintura, dizia, sou eu. Não se enganava. Ao pintar, narrava as sombras que o arrebentariam se ele não pudesse aprisionar nas telas as cores daquele universo particular. Libertava-se ao se refletir na pintura. Pessoalíssima, sim. E imensa.

Tu duvidavas do talento de Tonho, tanto quanto da sua sanidade mental. Não chegaste a conhecê-lo de perto, tampouco seus trabalhos. Eu te dou a minha palavra de que não faço aqui um julgamento simplista. Embora fosse um inconformista e trabalhasse à distância de regras e teorias de arte, se houvesse vivido em um grande centro certamente seus quadros estariam agora em museus e casas de colecionadores, e não em algum vão mofado desta casa. Até a minha partida, eu me recordo, ele não vendera um único exemplar da sua obra. Havia quem comentasse sobre um senhor que vinha regularmente de outra cidade para admirar a arte de Tonho e lhe fazer vultosas propostas de compra, sem sucesso, apesar da penúria em que o artista vivia. A aposentadoria pelos anos trabalhados nos Correios e Telégrafos era cedida quase inteiramente à mulher e aos filhos; a sobra destinava-se à sua alimentação e ao material de pintura. Um dia ousei lhe indagar como escolhia viver com tão pouco, já que os seus quadros possuíam valor comercial. Tonho grunhiu, o rosto enfeado de indignação: Não vendo minha vida a nenhum filho da puta. Àquela época, por ser muito jovem, eu não o alcançava em sua inteireza. Intuía apenas que, por trás da intratabilidade, ocultava-se a pureza do sonho inegociável.

Distraída do que me trouxe aqui, vou adiante no relato da vida de Tonho, não obstante vislumbre uma sombra de desdém nos olhos do advogado, no mínimo, de indiferença orgulhosa. Enxerguei Tonho Mefisto pela primeira vez da calçada, através da janela aberta, debruçado sobre o cavalete, um pincel à mão, completamente abstraído do mundo à sua volta. Alguns dias depois, mordida pela curiosidade e por um súbito arrojo, desaferrolhei o portãozinho, atravessei o terraço e me postei à porta aberta da sala. Naquele instante, eu me disse que passaria o resto da vida envolta naquele perfume de solvente e tinta fresca. Observei-o durante quase uma hora. Imerso em seu fazer artístico, Tonho sequer se deu conta da minha presença. A solidão lhe era uma espécie de escudo; raramente eu o encontrava em conversa com algum garoto interessado em pintura, e quando isso acontecia, demorava-me pouco, não me sentia à vontade em dividi-lo com outros.

Agora exalto o talento puríssimo de Tonho Mefisto, seu amor à Arte, a excentricidade, o niilismo, e revelo ainda o fascínio e o estranhamento que suas pinturas provocavam em mim. Conto que com frequência eu encontrava Tonho vestido nas mesmas roupas manchadas de tinta, a barba por fazer, perdido entre pratos com restos de comida, xícaras de café, guimbas de cigarro, e ainda que era ele próprio quem preparava as telas; esticava o morim sobre os bastidores de madeira e o prendia com pregos ao longo das ripas. Por último, comento sobre as inúmeras pinturas espalhadas pelos cômodos da casa, sem ninguém para admirá-las ou levá-las embora daqui. Calo-me quanto ao tempo em que Tonho se danava a beber. Largava-se no sofá, *O anel do Nibelungo* em volume ensurdecedor, o olhar embotado, a garrafa de aguardente ao alcance da mão. Com os demônios à solta, ignorava minha presença ou me desconhecia e, às vezes, expulsava-me num tom empastado de raiva.

O advogado me aparta; com voz dura, informa-me que é filho de Antonio dos Reis, o autor da pintura. Retraio-me, constrangida por haver me referido ao seu pai como Tonho Mefisto, e lhe peço desculpas por desconhecer o nome verdadeiro do meu amigo. Quero correr para os braços do filho de Tonho e abraçá-lo, mas os modos dele e a frieza com que me ouve me fazem permanecer onde estou; limito-me a dizer que gostaria de reencontrar Antonio dos Reis. O advogado não hesita ao me informar a morte de Tonho e, claramente insatisfeito com o rumo da conversa, indaga o motivo que me trouxe até ele.

Vou-me embora da casa de Tonho com tudo mais ou menos encaminhado. Grande parte do que me cabia providenciar para o inventário — certidões negativas e outras burocracias — será aviado por seu filho. Permaneço alguns minutos na calçada, apoiada a uma árvore. A secretária do advogado chega à janela e indaga se me sinto bem. Agradeço a gentileza e me afasto com pés derrotados. O que fazer com a montanha de interrogações que me traspassam? Onde estão os trabalhos de Tonho? Em que estado de conservação se encontram? Como ele morreu? Trabalhou em suas pinturas até o fim? Quem cuidou dele na velhice?

Ocorre-me agora o dia em que, tendo encontrado Tonho ocupado com um novo óleo parcialmente trabalhado a faca — como Courbet em algumas de suas obras —, indaguei-lhe o nome da nova criação, ao que ele me respondeu: *Profundezas*. Quis saber de quais profundezas ele falava. Sem a mínima hesitação, revelou: As do mar. Insatisfeita com uma resposta que eu não alcançava, obstinei-me. Como ele podia saber sobre o fundo do mar, se nunca saíra de Nossa Senhora das Pedras, se não conhecia o mar nem mesmo em sua superfície? Ergueu os ombros e os deixou cair: Não sei. Anos depois, quando eu não podia mais lhe contar minha descoberta, soube que Tonho pintara grutas de corais envoltas em imensos tentáculos de groselhas do mar.

Não sei em que direção devo seguir. Vou em frente, devagar. Adiante, sento-me à mesa de uma lanchonete na calçada e peço uma limonada com bastante gelo. Bebo em bicadas; o copo na mão esquerda, o cigarro entre os dedos da direita. Contemplo os transeuntes, os vendedores às portas das lojas, os ambulantes, as negociações com possíveis compradores. O suco não me aplaca a sede, e eu peço à garçonete uma Coca-Cola. No momento em que ela põe a lata e o copo sobre a mesa, avisto a menina, que não deve ter mais do que oito ou nove anos. Altiva no jeito de andar, os olhos melados de noz-moscada, o narizinho arrebitado numa exibição da mais pura confiança. Vem diretamente para mim. Por um segundo, meu coração para de bater. A voz é de quindim, mas a indagação soa firme: A senhora pode me pagar uma Coca? Faço um sinal positivo com a cabeça e aponto uma cadeira. Recusa o convite, diz que tem pressa, está a mando da avó. Olho-a longa e atentamente, enquanto ela assiste à garçonete se deslocar para o interior da lanchonete. Enquanto espera, mantém os braços cruzados sobre o peito, uma expressão de ansiedade nos olhos espremidos. Estou a ponto de lhe perguntar como se chama, os nomes dos pais e avós, onde vive e estuda, quando ela saca das mãos da garçonete a lata de refrigerante, dirige-me um brevíssimo agradecimento e afasta-se, as pernas finas vestidas na bermuda jeans retalhada aqui e acolá.

Apago o cigarro com a ponta do tênis, jogo uma nota de vinte sobre a mesa e aceno para a garçonete. A menina já dobrou a esquina; passo a segui-la a certa distância. Não parece apressada, como informou há pouco; antes, o contrário. Senta-se ao meio-fio, esgravata o chão, ergue-se, caminha mais um pouco, para à porta de uma loja e investiga o interior, careteia para um grupo de crianças, ensaia uns passinhos de dança ao som de um funk vindo de um carro em passagem pela rua.

Agora conversa animadamente com uma vendedora ambulante de bolos e biscoitos. A mulher sorri, meneia a cabeça, concorda com a fala incessante da menina. Ela sorri de volta, faz trejeitos divertidos, caminha para lá e para cá, gesticula com espalhafato, como se estivesse a imitar alguém. Difícil resistir a ela; bem o tipo que sabe levar as pessoas na conversa.

De súbito, a menina aponta para o fim da rua, por onde um senhor avança com passadas bamboleadas de pinguim. A mulher vira-se para lá, esboça um ar compungido, chama o homem pelo nome. Momentaneamente desapercebida da menina, não vê quando ela enche os bolsos da bermuda com os saquinhos de biscoitos — bolsos que parecem ter sido feitos para isso —, três ou quatro saquinhos, não consigo contar, mal consigo respirar. Em algum tempo, que para mim se assemelha a uma imensa hora, o velho alcança a banca, cumprimenta a mulher e aponta para um dos bolos, enquanto a menina escapole.

Caminha saltitante; de vez em quando mete as mãos nos bolsos, como se estivesse a confirmar sua riqueza.

Acelero o passo e logo estou a menos de um metro dela — se alongasse o braço agora, poderia tocá-la. Ela prossegue sem a mínima suspeita da minha presença; solfeja uma dessas canções que tocam sem parar nas rádios, uma letrinha ordinária numa batida de três notas. Em algum ponto, a garota abandona as ruas comerciais. Recuo, escondo-me por trás de árvores e postes. Ela se embrenha por ruelas sem calçamento, becos de terra batida, por onde escorrem esgotos em valas improvisadas. Daqui avisto a chaminé da fábrica de óleo a se projetar contra o céu de um azul-ultramarino.

Então, ela estaca, assoa o nariz, esfrega a mão na camiseta e, como se houvesse se lembrado de algo deixado para trás, vira-se sem que eu tenha tempo de me ocultar. Permaneço parada, hesitante, tomada pela sensação de haver sido flagrada na execução de um crime. A menina empina o queixo e, cheia de uma autoridade que me soa familiar, grita: Ei, você aí, qual é a sua, dona? Para de me seguir, caralho!

Em minha mente subitamente oca, busco em vão o que dizer, uma explicação que possa parecer verossímil. Dominada pela impotência, encolho os ombros. Ela sorri, alisa os bolsos e diz: Já sei, está me seguindo por causa dos cavalinhos de goma, não é? Faço com a cabeça um movimento de negação. Ela prossegue, o olhar afiado, a boquinha presunçosa: Se pretende contar aos meus pais, desista, não tenho mãe nem pai. Agora ergue o dedo médio em um gesto obsceno, estoura num riso espontâneo e desembesta por entre os becos, inteiramente dona da situação.

Envergonhada e vencida, dou meia volta sob os olhares de uma pequena plateia às portas das casas. Pergunto-me o que desejo, afinal: segui-la até em casa, saber com quem vive, entrincheirá-la, dizer-lhe da minha empatia, forçar uma intimidade, contar-lhe sobre uma amiga de infância em muito semelhante a ela? Furiosa comigo mesma, aligeiro os passos no caminho de casa.

Encontro Simone ocupada na limpeza do banheiro. Pergunta se quero almoçar, e eu lhe digo que me sinto indisposta para comer, preciso com urgência de uma chuveirada, o calor está de matar. Enquanto aguardo o término do serviço, decido abrir o quartinho de despejo e cascavilhar a pintura da Avó entre o amontoado de móveis arruinados e objetos sem serventia. Escancaro a porta e deixo o sol iluminar o passado de destroços. De lá do banheiro, Simone berra não ser capaz de compreender o comportamento de pessoas que acumulam cacarecos. Atrapalhada com o que acabo de ouvir, calo-me; sou uma dessas patéticas guardadoras de coisas inúteis. Ela grita ainda que as coisas só fazem sentido enquanto são usadas. Vou até a porta do banheiro e lhe digo: Há um mistério nas coisas, Simone; talvez conservem algo das pessoas que as possuem ou as possuíram. Ela me encara com incredulidade: Mas ninguém possui nada, Ramona, isso é pura ilusão; tudo nos passa pelas mãos, tudo é passageiro. Está certa, não temos mesmo nada.

Retorno ao quartinho. Cá estão o que um dia tu, as tias, teus pais, talvez teus avós imaginaram possuir: panelas sem cabo, um capacho completamente desfiado, discos de vinil arranhados, um relógio de mesa sem tampa nem ponteiros, uma reprodução da Santa Ceia em veludo de cores desbotadas. O pequeno armário, agora sem a porta espelhada, ao qual chamávamos "farmacinha", costumava ter um cheiro peculiar e inebriante. Nele eram guardados o creme e o teu estojo de barbear: pincel, tigelinha e navalha. Também encontrávamos ali um talco Alma de Flores, um Leite de Colônia, nossas escovas de dentes e a pasta dental, os inocentes remédios da família: as pomadas Minancora e Iodex, Extrato Hepático, Merthiolate, Leite de Magnésia, colírio Moura Brasil, um vidrinho com bicarbonato de sódio e um envelope dos milagrosos comprimidos Melhoral, que serviam para quase tudo.

Concluída a limpeza do banheiro, Simone se oferece para me ajudar. Rebocamos para o pátio os restos de um sofá, um colchão chamuscado, uma louça totalmente rachada, quinze volumes da enciclopédia Barsa roídos por ratos e traças, exemplares das revistas O Cruzeiro, Manchete, Manequim e Burda, e um baú de couro com roupas e fantasias de remotos Carnavais. Em uma caixa de papelão, esboços de desenhos da Avó se esfarelam ao toque das minhas mãos. Tudo encardido, desvalido, roto.

Um casal de ratos surge de trás de um caixote de madeira e se precipita em direção à porta; horrorizados com a nossa presença, os bichos vão e vêm sobre os próprios rabos, indecisos entre avançar por entre nossas pernas ou buscar refúgio em outro canto do quarto. Neste justo instante, Simone aponta para algo escondido atrás do que um dia foi uma penteadeira e grita: Achei!

Carrego o quadro para a sala e o coloco sobre a mesa. A luz da tarde cai impiedosamente sobre a Madona e a mulher pecadora. Constato os estragos — cores esmaecidas e pequenos rasgos. Se bem me recordo, até a minha partida o quadro estava bem ali, dependurado à parede. Parece-me evidente que, se vivo estivesses, não terias permitido que a pintura da Avó se degradasse no exílio do quartinho. E se a trago de volta para o espaço de onde nunca deveria ter saído, faço-o não somente por mim, mas sobretudo por ti. Creio que amavas a Avó, e a despeito da tua conduta me ser de todo incompreensível, justamente por te conhecer e ser amada por ti, eu te perdoo a dureza do teu amor por ela.

Agora que a tia Anunciada não pode mais mandar eu me afastar do quadro, toco as imagens femininas com as pontas dos dedos, tateio a magia eternizada na tinta rugosa da pedra que descansa sobre os braços estendidos da Nossa Senhora, a memória no olhar desamparado da mulher, e murmuro: Vim resgatá-las do abandono. Lágrimas começam a gotejar sobre as imagens. A certa distância, Simone observa-me com expressão perplexa.

Durante anos, estive certa de que a arte da Avó me sensibilizara por eu tê-la conhecido ainda garota. Contudo, para além de cores e simbologias, reparo agora na linguagem forte e honesta, na psicologia pungente, e me pergunto como ela, sem nenhum estudo, sem nenhuma noção de plano e perspectiva, volume e profundidade, conseguiu criar este que poderia ser um autêntico Ary Scheffer.

Lembras do dia em que me falaste sobre o quadro e me contaste o motivo local, embasado na história da fundação da cidade? Ao contrário de mim, não conseguiste apanhar o real sentido da representação, ou, o que considero mais provável, tenhas propositadamente escolhido despercebê--lo. Sempre soube, desde o dia em que Marilza me trouxe a ti, da existência de algo maior por trás destas imagens. Àquela manhã, enquanto decidias o meu destino, meu coração infantil foi capturado pelos traços e signos que traduziam a dor de um mundo esfacelado; a alma da pintura.

Sou reprovada nesse primeiro ano na escola das freiras. Uns nascem com a cabeça boa para números; outros, para letras. Será que o meu único talento é para os sonhos? Tia Concebida afirma que a pior miséria é a ignorância, e que o meu fracasso em sala de aula pode ter sido causado pelos vermes, que prejudicam o crescimento e desarrumam a inteligência das crianças. Andarilha de ruas e periferias, devo andar lotada deles. Para expulsar as lombrigas que me consomem o juízo, sou obrigada a beber antes de dormir uma colher de um intragável óleo de rícino.

Não fosse a lembrança da minha mãe, não me incomodaria em ser repetente. Um novo ano já vai começar, e ela continua lá, na sepultura a duas horas daqui. Em Dias de Finados, o Avô sempre me indaga se eu gostaria de levar flores para ela. Com franqueza, respondo que não. Recuso-me a pensar nela como um monte de ossos bem enterrados. Apanho algumas papoulas no jardim da praça e as arrumo numa garrafa com água sobre a cômoda, ao lado da fotografia colada no espelho da cama, a única encontrada por Marilza na arrumação das gavetas de minha mãe. Em preto e branco, muito séria, ela não se parece com ela mesma. Ainda assim, acho bom que os olhos me acompanhem para onde quer que eu vá dentro do quarto. Quando saio, o olhar de sentinela vai junto, tão ou mais vivo do que quando minha mãe existia ao meu lado. Nesse tempo, eu não pensava nela; ela simplesmente existia. Aninhava-me nos braços, preparava-me as refeições, cantava para mim, contava-me histórias, ralhava comigo. Intensa como costumam ser as mães, mesmo quando ignoradas ou ausentes. Se por um segundo apenas tivesse me passado pela cabeça a ideia de que ela não tardaria a partir e que, sem aviso prévio, de uma hora para outra, eu não a veria mais, até o fim teria pensado nela incessantemente.

Mais um dezembro. Eu e tia Concebida montamos uma manjedoura ao pé do altar da igreja matriz. Todos os dias vou admirar o menino Jesus no berço de feno, a Virgem e São José a pajear o filho recém-nascido, os cavalinhos, as vacas, os imponentes Reis Magos em poses de adoração. À noite, com as luzes acesas sobre a estrebaria de faz de conta, penso em minha mãe. Se fosse viva, eu a faria conhecer o presépio e lhe diria: Veja, mamãe, isto é Deus purinho. Embora lhe faltasse fé, gostava das coisas bonitas e delicadas. Se fosse viva, eu lhe pediria mil perdões por minha desgraça na escola. Não estou certa de que relevaria meu fiasco como fez o Avô, que me presenteou com um caderno de desenhos, uma caixa de lápis de cera coloridos e um estojo de pastilhas de aquarela e pincéis. Agora ando por aí de olhos arregalados para um mundo de luz e cor. Desenho e pinto os ficus-benjamins e as algarobas das ruas, as papoulas dos canteiros da praça, as corcovas das serras que envolvem a cidade num arco, o céu aureolado por uma lua de tangerina em gomo ou redonda em grafite bem clarinho, a cor que mais se aproxima do seu prateado; ao fundo, num tom mais escuro, a sombra de São Jorge montado em seu cavalo.

Em minhas caminhadas artísticas, vou cada vez mais longe. Levo comigo o caderno e os lápis numa bolsinha de algodão verde-musgo, costurada por tia Anunciada — a palavra *Artes* bordada em linha branca na aba presa por um colchete de pressão. Deixo para trás as varandas das casas, as praças, as lojas, o vai e vem de pessoas. Tenho agora uma cidade de árvores, flores, pássaros, águas e pedras.

O desenho da chaminé da fábrica de óleo a se erguer por trás do arvoredo me pareceu bastante harmonioso, porém o da pontezinha de madeira sobre o rio de águas agitadas não me agradou, ainda que eu o tenha refeito várias vezes. Adornei as flores miúdas e brancas — umas daminhas de honra em casamento de princesa — com borboletas de asas cor de melancia. Pretendo presentear o Avô com o desenho de umas flores miúdas, pintadas na mesma tonalidade dos mantos que recobrem as imagens santas da matriz durante as celebrações da Semana Santa, e iluminadas por um céu azul-claro bordado de nuvens.

Esbarro em uma caixa d'água abandonada no meio de um matagal, lugar esquecido do mundo, como os lugares dos sonhos ou das histórias dos livros. Dois meninos estão trepados no degrau mais alto, observando o interior da caixa com atenção; às vezes trocam olhares e sorrisos cúmplices. Um deles, alto e magro demais, veste unicamente uma bermuda. O outro, mais baixo, de pernas troncudas, usa shorts e camiseta. Oculta atrás de uma moita, assisto aos dois descerem a escada numa ligeireza de perseguição e, já em terra, desembestarem na direção oposta ao local onde me encontro.

Então, feito uma aparição, o homem surge no alto da escada, grande como pode ser um homem. Desce aos assovios e passa rente a mim, sem me notar, atrapalhado em abrir um maço de cigarros. Mal me recupero do susto, e meu olhar tropeça na velha. Desce de costas, um pé depois do outro, uma maleta em uma das mãos, a outra a agarrar os degraus acima da cabeça, um por um, perigosamente. Duvido que consiga alcançar o chão, e me preparo para salvá-la. A agonia dura duas vidas; para meu alívio, a queda não acontece.

Prendo a respiração quando a velha passa ao lado da moita onde me embioquei. Toda ossos e nariz, ela murmurinha para ninguém, e marcha como se estivesse numa parada militar. Os cabelos ralos de bruxa estão presos num coque ao pé da nuca; uns fios lhe prateiam o alto da testa. Toma a mesma trilha por onde o homem desapareceu há pouco, a saia comprida a dançar em torno dos pés descalços e imundos, a maleta a balançar no ritmo das passadas.

Aguardo alguns minutos até a ver sumir. Salto de trás da touceira e me encaminho para a caixa d'água, disposta a descobrir o que há de tão interessante lá dentro, mas logo emperro no espanto. Os meninos, que julguei terem ido embora, vêm em minha direção. O menor tem cabelos curtos e desalinhados, olhos grandes cor de sapoti, boca de curimatã, uma covinha no queixo. Ah!, vejo agora, é uma menina; à minha frente, os pequenos seios despontam sob a camiseta de um branco encardido. Encara-me como se estivesse diante de uma alma penada: Quem é você? Sou Ramona, respondo timidamente, Ramona de Maria Filgueira. Bambeio no sobrenome, uma vez que o processo de adoção não foi concluído, e o Filgueira ainda não está lá, preto no branco da minha certidão de nascimento.

A menina me remeda: Ramona de Maria Filgueira. Para cada nome, uma revirada de olhos. Por fim, desata a rir. O garoto, de pele cor de café com leite, olhos enfeitados com pestanas de vassourinha, leva uns segundos para segui-la no riso, como se tivesse perdido a piada e a recuperado em seguida. Estendo a mão, como fazem os adultos, e eles tornam a gargalhar. Desconfio de que a piada seja eu mesma. O sangue me aflui todo para o rosto e fica ali, numa ardência de mil sóis. Aprumo-me, e começo a me afastar com os risos desaforados pregados às minhas costas, mas não vou muito longe. Logo eles se colocam à minha frente, e a menina me põe atrevidamente um dedo no peito: Espere aí, Ramona de Maria Filgueira, para onde vai com tanta afobação? Não me resolvo a correr ou a lhe dar uma resposta, e basta este segundo de indecisão para ela se adiantar e me arrebatar o caderno de desenhos. Perturbada com a ação inesperada, balbucio: Sou pintora; pinto paisagens. Eles tornam a explodir em risos, como se eu fosse um número circense, uma espécie de palhaço. A menina sapateia, dobra-se para frente de tanto rir; o garoto, como se o riso pudesse escangalhá-lo, segura a barriga, ali onde irrompem pelos finos, escuros e salteados, numa carreira que vai do peito ao interior da bermuda.

Sem pensar duas vezes, eu me precipito sobre o caderno, decidida a tomá-lo de volta por bem ou por mal. Ela ergue o braço com rapidez e o caderno se arreganha ao vento; meus desenhos esvoaçam para lá e para cá, as folhas de seda numa música de me lapear o coração. Como lutar contra os dois, sem que todo meu esforço como artista não reste destruído? Em desvantagem e sem perspectiva de solução, rompo em choro. Soluços de dor e fúria se despregam de dentro de mim antes que eu consiga me conter. Por entre as lágrimas, distingo o assombro nos olhos de ambos e berro: Nunca viram alguém chorando, idiotas?

Ela abaixa o braço e, neste justo instante, os olhos pousam sobre um dos desenhos. Sorri, desta vez sem espalhafato. Passa, então, a folhear o caderno: Veja aqui, Teo, o rio, as pedras, os pés de mofumbo, o sanhaçu, ah, quanta lindeza, Ramona, de onde você saiu, menina?

Paro de chorar e a perdoo de imediato. Falta o menino, agarrado a mim pelos olhos. Não parece muito entusiasmado com os desenhos, balança a cabeça, e um princípio de sorriso lhe vaza pelos lábios. A menina escorrega para o chão, descansa o caderno sobre as pernas cruzadas e se apresenta: Meu nome é Concita, e este é Teo; você pode ser nossa amiga, se quiser.

Em silêncio, sento-me ao lado dela, o que já é uma resposta. Concita cheira a chiclete de morango. Teo acocora-se à nossa frente, e o cheiro dele, mais forte — uma mistura de mato e suor —, não me parece bom como o dela. Concita reconhece os cenários dos desenhos: Veja, Teo, a Pedra do Limoeiro, as ingazeiras na curva do rio, as flores do angico, as bagas do xiquexique. Satisfeita com o real interesse dela, penso em lhe dizer que o desenho mais bonito, o das florezinhas roxas, não está no caderno, e que, após uns breves retoques, será um presente para o meu avô.

Cada vez que ergo a cabeça, reencontro o olhar amolado de Teo, e posso jurar que, assim como Concita, gostou de mim, embora de um jeito diferente. Sem mais nem menos, ele me pergunta onde estudo. No colégio das freiras, respondo, grata por ele querer saber de mim, por se importar com a minha vida. Concita ergue a cabeça, e os dois trocam um olhar rápido. Em tom de pouco-caso, ela afirma: Ah!, por isso que a gente não conhecia você; não conhecemos as meninas de lá. Por quê? , pergunto, e ela responde: Porque vivemos e estudamos do lado de cá da cidade.

Combinamos voltar para casa juntos, mas a certa altura nos separamos. Sigo pelo caminho que vai dar na igreja matriz, Concita pela trilha da ferroviária, e Teo pela vereda da fábrica de óleo.

Já embaixo do chuveiro, com a tia Concebida a me mandar esfregar bem os pés e a perguntar onde, por Deus, fui arrumar tanto carrapicho, voltam-me à lembrança o homem e a velha. O incidente com o caderno de desenhos acabou por me fazer esquecê-los. Perguntarei a Concita ou a Teo sobre eles na próxima vez que nos encontrarmos. Embora não tenhamos marcado dia e hora, sei onde achá-los. Por estes dias, porém, não poderei vê-los. Devo ir ao dentista; mais uma das amolações de tia Anunciada. Para me convencer da necessidade de se tratar os dentes, contou-me sobre um conhecido que morreu com infecção generalizada por conta de um problema não devidamente cuidado em um dos molares: A saúde, Ramona, começa pelos dentes.

Após o jantar, apresso-me em me deitar. Amanhã devo acordar cedo, irei com o Avô à Micaela. Durante a viagem, eu lhe contarei sobre a escola, o que tenho aprendido, os desenhos, a minha dificuldade com a aquarela — larguei-a de mão; não sei como usar a água e, além disso, o pincel ou a textura do papel não parecem adequados. Não decidi ainda se contarei ao Avô sobre Teo e Concita; se falar sobre eles, terei que confessar os passeios por destinos que ele seguramente desaprovará.

Da última vez que estive na Micaela, notei o cinza a cobrir grande parte do campo. As chuvas andam se fazendo de difíceis; passam por cima de Nossa Senhora das Pedras sem dar satisfação, e nem vela de sete dias as tem trazido para nós. Mesmo assim, a Micaela não para de ser bonita, e apesar da água apoucada, a primeira maravilha do mundo continua lá. Topei com o riacho por acaso, quando zanzava entre ramalhadas e teias de cipós, curiosa em descobrir que casa seria aquela, cuja cumeeira brotava acima do bosque. O rugido chegou antes que os meus olhos assentassem sobre a imensidão de águas e pedras. Num instante, a casa, situada no lado oposto — portas e janelas cobertas de vegetação, telhado coalhado de folhas —, perdeu a importância. O mundo deve ter nascido na Micaela, nem mais nem menos com o riacho. Sim, foi lá que Deus, com as mãos besuntadas de milagre, levantou as tranças de águas, arremessou-as sobre as cacundas dos lajedos e as fez marretar as goelas escancaradas dos imensos caldeirões de pedra, num estrondo de galopes e cantigas de vento.

Um dia, apresentarei a Micaela a Teo e Concita, e os farei conhecer o mais belo sonho de pureza: o riacho. Então, confessarei a eles as minhas incontáveis e vãs tentativas de reproduzir esse reino de quando o tempo nem tinha começado a ser tempo.

Levei mais de um ano para concluir *O nascimento do mundo*. Coloquei-o numa das paredes do apartamento onde vivo, precisamente na sala — meu ateliê doméstico, o favorito, embora o estúdio na galeria seja mais amplo e o janelão se abra inteiramente para a claridade de um parque. Pena que não possas apreciar minha arte; por certo, arregalarias os olhos para a vastidão dos lajeiros, para a luz da manhã primeira refletida em grânulos dourados sobre as grandes águas da Micaela.

Eventualmente, ao receber amigos para jantar ou apenas para conversar e bebericar, agrada-me enxergar as expressões dos convidados diante do quadro. Alguns se comportam como se tivessem sido arremetidos nos tonéis de pedra e lutassem por se manter fora do rolo turbilhonante, os olhos alargados no assombro do vapor que se eleva das águas. Usei a espátula para alvejar os blocos de pedra e mosquear os lombos com um tom de rosa esfumado; o pincel, para conciliar o cinza ardósia com o *cendré* nas rachaduras e na bocarra da Pedra dos Morcegos. Acariciei o céu com uma tonalidade ametista aguada, e espanquei os lajeiros com rolos de águas encarneiradas, numa textura pastosa cor de carne. Usei o ciano em pinceladas sinuosas nas copas folhosas das ingazeiras, e o ocre nos galhos pendentes sobre porções de águas rendadas de espumas de tom cinza esbranquiçado. No fundo achatado do leito, deitei o amarelo trigo nos retalhos de vegetação que se enredam à brancura limada de pequenos seixos.

Às vezes, tenho a sensação de que as águas de *O nascimento do mundo* estão a ponto de saltar da tela numa enxurrada de cores, num marulhar de pródigas memórias. Durante anos, Tomás insistiu em que eu preparasse uma série com o motivo original. Levaria o nome de *Gênesis*. Demorou a assimilar minha recusa; como recriar uma única verdade várias vezes e de formas diversas? Meu mundo não nascia duas vezes.

Evidentemente, não imaginavas aonde me conduziria aquele caderno de desenho e a caixa de lápis de cor com que me presenteaste em nosso primeiro Natal. Creio que não tinhas a pretensão de me inspirar um senso artístico; buscavas tão somente me entreter. Não havia professores de desenho em Nossa Senhora das Pedras, ninguém capaz de me instruir minimamente sobre as teorias das cores, ponto e linha, sombra e luz, perspectivas. Tonho Mefisto, de reputação duvidosa, não era sequer considerado como um possível mestre. Demais disso, não havia em nossa cidade quem apostasse no talento dele, a começar pela família, que se mantinha à distância, como se o brilhantismo de Tonho, tido como insanidade, pudesse ser transmitido por contágio físico. Àquela época, apenas eu e um senhor que vinha de longe o julgávamos grande. Eu era uma criança, e crianças quase nunca eram levadas a sério. Então, foi de forma involuntária, sem a consciência de estar sendo iniciada, que recebi as primeiras lições ao observar Tonho em seu fazer artístico.

A princípio, estive ao lado dele na condição de mera espectadora. Não tinha a mais vaga ideia de que um dia minha vida giraria em torno daquele universo de cores e formas, de que em certo tempo eu receberia o chamado, e aquele se tornaria o meu jeito particular de viver. Somente mais tarde tornei-me uma aluna de fato, aplicada em absorver os gestos precisos, o ritmo furioso das pinceladas, as estocadas do pincel-punhal que fendiam o real e o fragmentavam até a unidade particular e inconfundível. E foi preciso que se passassem anos para que eu compreendesse a relevância de uma linguagem própria, o que me exigia um deslocamento; precisava abandonar a caixinha do factual, liberar o traço, rompê-lo com a imaginação.

Às minhas indagações acanhadas, Tonho dava respostas assombrosas. Queria saber por que não retratava gente de verdade, e ele afirmava que as pessoas sustentavam em si feiuras inomináveis, a sujidade da mente, a desordem da alma, enquanto os mares, rios, bosques, animais e o firmamento por cima de tudo traziam consigo a semente da completude. Atônita, eu me perguntava como era possível que o Criador houvesse se descuidado da sua obra-prima; a julgar pelas impressões de Tonho, Deus errara na mão ao tecer o Homem, soprando-lhe insuficientemente a perfeição nas narinas de barro.

Meu primeiro desenho apresentado a Tonho foi *Festa de São João*. Deves te recordar bem dessas noites cheirosas à madeira queimada, fumaça, pólvora e milho assado nas brasas das fogueiras, das ruas enfeitadas com bandeirinhas multicores e balõezinhos sanfonados de papel de seda, das tias sentadas em cadeiras de balanço a nos assistir — eu, Teo e Concita na folia dos fogos de artifício.

A festa começava cedo, na cozinha. A mim, cabia apartar as espigas de milho das suas palhas, livrá-las dos cabelinhos ruivos, separar as palhas do meio — as mais limpas — para o uso das pamonhas, ralar a carne dura dos cocos. Mais tarde, tia Concebida, por não confiar em minha mão, mexia os tachos fumegantes sobre as bocas do fogão, e nossa casa se impregnava da doçura perfumada da canjica e da pamonha, do mugunzá e do arroz-doce.

Ao cair da tarde, as tias punham as travessas sobre a mesa. Cuidavas em arrumar, na calçada de casa, as cadeiras e uma pequena mesa de apoio para as caixas de fogos. Acender a fogueira te custava mil fósforos queimados, chumaços de gravetos e folhas secas atirados às toras de madeira, que teimavam em se apagar. Com uma peneira de palha, abanavas e abanavas os espaços entre as achas. Lembras como a fumaça te turvava a visão e te causava terríveis acessos de tosse? A certa distância, assistia à tua peleja, e quando o fogo finalmente se aprumava em fitas alaranjadas, eu gritava e aplaudia, o coração afogueado de prazer.

À noite, eu e Concita nos exibíamos em vestidos de chita estampada e marias-chiquinhas nos cabelos, umas pintinhas negras sobre as bochechas borradas de ruge. Teo aparecia numa calça falsamente remendada e numa camisa xadrez, um bigode riscado a lápis. Permanecíamos à tua volta, à espera do momento alto, que se dava com a distribuição dos fogos. Não via graça nos traques; atirávamos uns nos pés dos outros, ou próximo aos das tias, que se fingiam alarmadas, gritavam e levantavam as pernas. Os mijões chispavam sobre a calçada e nos faziam disparar, soltos no riso, inflamados de alegria e calor. Os chuveirinhos de estrelas me desalentavam por se apagarem num instante. As bombas chilenas, também chamadas "peidos de velha", nem sempre estralavam — uma frustração que poluía as calçadas de papel e pólvora. Já as bombas, perigosas para nossas destreinadas mãos, ficavam ao teu encargo, e se lançavam ao céu enfumaçado num uivo agudo que ia ecoar nos ouvidos de Deus.

Não me lembro agora se chegaste a conhecer minha *Festa de São João*. Embora não passasse de uma fogueira, ela me aqueceu o coração com uma breve e íntima certeza: a de que eu conseguira desenhar algo digno de ser apresentado a Tonho Mefisto. As línguas avermelhadas, vagas num mar de papel ardente, vergavam-se para frente e para trás, enroscavam-se umas nas outras, contorciam-se e espichavam-se para a vastidão de um céu acastanhado, onde navegava a canoinha de uma lua em amarelo descorado.

Coloquei a *Festa de São João* sobre uma pilha de livros que ocupava a mesa de refeições de Tonho. Por desconhecer que artistas assinavam suas obras — nem a Avó nem Tonho o faziam —, deixei ao lado um bilhetinho: Fui eu, Ramona, quem fez. Acreditava que Tonho o veria mais tarde, quando interrompesse o trabalho para comer ou tomar água. Talvez não a encontrasse àquele dia, tampouco no próximo, mas, certamente, em alguma hora haveria de enxergar a minha criação.

Por não suportar a ansiedade de estar ao lado de Tonho, com a minha *Festa* a flamejar sobre a capa do livro, fui encontrar Teo e Concita lá para os lados da caixa d'água. Estavam excitados como nunca; os ciganos haviam retornado à cidade. Minha mãe e Marilza não gostavam deles; diziam se tratar de gente ordinária, nem um pouco confiável. Tia Anunciada, da mesma forma, julgava-os criaturas imorais; iludiam as pessoas com música e histórias bonitas para lhes furtar o que estivesse à vista, e a leitura de mãos não passava da mais pura fraude. Somente as bestas se deixavam cair nas esparrelas dos ciganos.

Não foi isso que escutei de Concita. No acampamento ali perto, as moças vestiam-se em saias longas estampadas e blusas de mil babados, usavam lindos lenços na cabeça e pulseiras do mais legítimo ouro; os rapazes, de cabelos longos e olhos pintados, sabiam dançar e tocar rabeca, e os homens pareciam de outro mundo, calçados em botas altas, camisas de mangas bufantes e calças amarradas às cinturas com largas faixas de cor. Além de toda essa beleza, as ciganas possuíam o dom de adivinhar o futuro nas linhas das mãos e nas cartas do baralho, e suas maldições atravessavam gerações.

Concita me atiçou; não me animava a saber o que me aguardava no dia de amanhã? Não, o amanhã não me importava. Para que conhecer o futuro se tínhamos o presente? E se o futuro fosse o destino trágico, a desgraça do grande amor perdido, a doença sem cura? E se o futuro fosse o não futuro, a morte puramente? Porém, eu já sabia, não adiantava argumentar com Concita, sempre vencedora na defesa das suas teses, dona da última palavra.

Nem um pouco convencida da serventia de confiar minha mão a uma cigana, acabei por ceder. Para a leitura das mãos, as ciganas exigiam pagamento, e nós não tínhamos nada. Concita lembrou-se de que elas aceitavam alimentos: feijão, arroz, farinha, carne de charque, legumes, café, açúcar. Coube a mim a missão de entrar em casa pelos fundos, numa afoiteza de quem comete um crime justificado. Agachei-me junto à janela da cozinha que dava para o pátio e, durante um certo tempo, espionei tia Concebida nos afazeres cotidianos. Inocente da minha espera angustiada, ela ia para lá e para cá, a mexer em panelas, a picar verduras, a lavar pratos e talheres. Finalmente, tia Anunciada a chamou, e ela sumiu das minhas vistas.

Ao pé da porta, havia uma saca cheia até a borda de feijão. Na maior pressa, busquei dois sacos de mercearia no armário embaixo da pia, coloquei um dentro do outro para que não se rompessem, e os entupi de grãos. Fugi com os sacos junto ao peito, seguros por baixo com as duas mãos. No cuidado em não deitar ao chão o pagamento da cigana, demorei a alcançar Teo e Concita. Reclamaram do tempo gasto; não tardaria a escurecer. Abri o saco e lhes mostrei o conteúdo. Concita ponderou: Aí tem uns dois quilos ou mais, o suficiente para a leitura de três mãos.

De longe, avistei os ranchos e as carroças, um grupo de homens pobremente vestidos, alguns esmolambados, em torno de um cavalo esquálido. Crianças seminuas brincavam na terra. Algumas mulheres circulavam por ali, e não havia nelas nenhuma das belezas proclamadas por Concita. É isso?, indaguei, sem disfarçar o desapontamento. Ela riu, do jeito que lhe era próprio — eu não gostava quando ela se curvava e batia os pés, talvez porque me viesse à lembrança a cena humilhante do dia em que nos conhecemos. Teo tentou conciliar a mentira com a História: os ciganos vinham de terras distantes, do além-mar, e seus antepassados, assim como os judeus, haviam sido acossados e desterrados dos países de origem, em cumprimento a penas de degredo. Considerados malditos — os judeus por terem entregado Jesus a Pôncio Pilatos, os ciganos por haverem doado os pregos para a crucificação do filho de Deus —, ao longo dos tempos de perseguição, errância e trabalho não convencional — mais engenho de sobrevivência do que trabalho —, os ciganos foram perdendo riquezas. Restaram as crenças e os valores; a riqueza de saberes. Ninguém podia com os ciganos na hora de negociar, e as ciganas, curadoras raizeiras, dispensavam as idas aos consultórios médicos, sem contar com a ciência que as fazia revelar as boas novas nas linhas das mãos e nas cartas do baralho.

Fui rebocada para um dos ranchos, à frente do qual uma mulher sentada sobre uma pedra, a saia arrepanhada entre as pernas morenas, lavava pratos em uma bacia. Eu não podia crer que aquela lá fosse capaz de destrinçar um único amanhã na palma de qualquer mão. Preparei-me para escapar dali, mas Concita, captando a minha intenção, abriu bem os olhos e me reteve pela mão com firmeza.

Seguimos a cigana num ziguezague entre as tendas, de onde nos chegavam sons de risos e falas — um português combinado a algum dialeto —, gritos e choros de crianças, uma canção de ninar, o chiado de uma estação de rádio mal sintonizada, o odor de algum guisado. A mulher parou em frente a uma das aberturas e mandou que esperássemos. Ao fim de uns cinco minutos, mandou-nos entrar.

No interior da tenda, nos deparamos com outra mulher sentada diante de uma mesinha coberta com um pano que fazia as vezes de toalha. Pareceu-me tão suja e malacafenta quanto a que nos havia conduzido até lá, embora trouxesse à cabeça um lenço incrustado de pequenas moedas, que lhe caíam sobre a testa, e usasse braceletes dourados nos braços. Ela fez um sinal, e nós nos aproximamos. Durante o tempo em que Concita negociou com a cigana, reconheci, nas cartas do baralho espalhadas sobre a mesa, algumas das figuras pintadas pela Avó na saia da mulher ajoelhada. Quem sabe, um dia, minha avó houvesse visitado um rancho cigano e, como eu, cedido a mão a uma cigana para que ela lhe lesse a sorte.

Não houve acordo com a mulher; aquela quantidade de feijão dava direito apenas a uma leitura. Concita, de olhos pregueados, matutou no que fazer. Empurrei-a para o tamborete vago junto à mesa, mas ela deu um passo para trás, segurou-me pelo braço e me impeliu à frente. Disse à cigana que era da maior justiça a leitura da minha mão, afinal de contas havia sido eu a trazer o saco de feijão. Teo concordou, e eu não consegui fazê-los mudar de opinião. Logo me vi sozinha com a cigana. Àquela altura, um sentimento novo me impelia para aquilo. De certa forma, continuava desacreditando, mas, por alguma razão — talvez a pintura da Avó —, não hesitei em me sentar e espalmar as mãos sobre a mesa.

A mulher tomou-me a mão esquerda e encarou-me gravemente: Alguém já lhe disse que você tem traços ciganos? Neguei e abaixei a cabeça. Como se chama?, indagou. Ao ouvir o meu Ramona, sobressaltou-se, ou assim imaginei. Três vezes pronunciou o meu nome e, três vezes, estremeci. Em seguida, cerrou os olhos e passou a me caquear a mão com o dedo indicador. Sem uma palavra, numa carícia de cego, adiantava e recuava a ponta do dedo sobre o M gravado ali. Por um instante, indaguei-me onde aquele silêncio ia dar, e a descrença me voltou com força.

Ao abrir os olhos, a mulher conferiu o M na minha mão e sacudiu a cabeça várias vezes. Impaciente com aquilo que julguei se tratar de uma cena, indaguei: O que vê? Sorriu largamente, e como se me anunciasse um futuro brilhante, disse: Você tem sangue cigano nas veias, menina; você é uma de nós, uma Calon. Instintivamente, saltei para trás e chispei para fora. Mil corações latejavam em meu peito, nos ouvidos, no ventre, no fundo da boca. Ela veio atrás de mim, mas não passou da abertura da tenda: Espere, Ramona, tenho muito a lhe dizer; volte, está tudo aí, na linha da sua vida, não quer saber mais?

Não, eu não queria. Precipitei-me para casa inteiramente esquecida de Teo e Concita, passei direto para o quarto e me meti na cama, sob os olhares abismados das tias. Tia Concebida apoiou-se à porta: Está doente, cabrita? Talvez estivesse. Abrigada sob o lençol, minha cabeça latejava em violência de se romper, e uma frieza interna me fazia tiritar.

Aquela noite, não preguei os olhos. Na madrugada, deixei a cama e fui até a sala. Acendi a luz e postei-me diante do quadro; a mulher Calon me esperava. Deitei a cabeça em seu colo e roguei: Conte-me, Avó!; que martírio a faz implorar piedade a Nossa Senhora?; que sina inglória lhe coube?

O Avô me conduz ao dentista. Na saleta de espera, ele me informa que doutor Efraim tem mãos suaves como as de uma moça, e que ele, o Avô, não me deixará sozinha hora nenhuma. Ao invés de me tranquilizar, apavora-me. Ninguém faz esse tipo de comentário se não há de verdade o que se temer. De lá de dentro, onde o dentista atende a um outro paciente, chega-nos um zumbido de abelha gigante. Cismada, pergunto que som esquisito é aquele. Absorto na leitura de uma revista, ele não me responde. Para passar o tempo, busco uma revista menos usada no pacote, mas não encontro ali nada interessante. Procuro me concentrar na leitura do Avô; a reportagem é sobre três irmãos que empreenderam uma expedição de desbravamento pela região do Roncador-Xingu. Inquieta demais para prestar atenção nas palavras, volto a indagar sobre o barulho que vem lá de dentro. Distraído de mim, o Avô aponta para a fotografia de um dos irmãos e, em tom admirado, diz: Olha aqui, Ramona, ele apaixonou-se por uma indígena e a roubou do chefe de uma tribo da região.

O paciente deixa a sala e eu lhe investigo os olhos; nenhum sinal de sofrimento. Porém, ao dar de cara com a máquina monstruosa, mais apropriada para a extração de pedras do que de dentes, sinto meu coração congelar. Paralisada de medo, vejo o Avô sorrir para o dentista e apertar-lhe a mão gorducha: Esta é a primeira vez de Ramona, Efraim. O homem sorri e, pondo uma das mãos em meu ombro, me empurra suavemente até o assento: Não há o que temer, Ramona, eu lhe garanto. Um pé e depois o outro, sento-me, a fala travada, um pedido de clemência a se esganiçar dentro de mim.

O dentista faz girar uma alavanca, e a cadeira sobe aos arrancos. Mantenho os olhos fechados. Em algum ponto da sala, o Avô me lembra de que ele está bem ali. O dentista me manda abrir a boca, e eu, trêmula, obedeço. Passa a futucar meus dentes com um objeto duro e pontudo, e eu intuo que a presença do Avô não será o bastante para impedir a minha aflição. Logo o homem anuncia: Hum, temos aqui três pequenas cáries; vamos começar? E não começou ainda? pergunto, uma pata de bicho pesado a me pressionar o peito. Abro rapidamente os olhos e busco o Avô; ele vem para trás do assento e me deita a mão sobre a cabeça: Estou aqui, querida. Uma onda de gratidão me desmancha os olhos em água, não apenas por ele nunca antes haver me tratado dessa forma, mas especialmente pela compaixão que descubro em sua voz.

Em algum momento, a espantosa abelha começa a zunir dentro da minha boca. O inseto me pica, me pica novamente, me pica seguidas vezes; choques me atravessam o corpo, da cabeça à sola dos pés. O ar me chega em bocados que não me sustentam em mim. O dentista murmura: Fique firme, estamos quase no fim. Gemo de desengano até a tortura terminar. Aliviada, abro os olhos e, para minha surpresa, o homem, que agora se transforma em alquimista, manda que eu permaneça sentada.

O dentista trabalha com uma pequeníssima porção de pó de prata, que bem poderia ser pó de estrela — eu teria um pedaço do céu em minha boca. Em seguida, deixa o montinho descansar na mesinha à frente. Pergunto-lhe se o troço vai inchar como massa de milho no fazimento do cuscuz, e ele esclarece: Não demora a cristalizar, Ramona. Depois, em minúsculas partículas, vai arrumando o preparado em meu dente. Quando penso que estou livre, uma outra abelha vem passear em minha boca. Pelo zunido cavernoso, é velha e ronceira, não tem forças para me machucar; talvez seja um zangão.

Ao me erguer, o dentista anuncia: Por hoje é só, garota. Sorrio desalentada: Vou ter de voltar aqui? Sem resposta, sou conduzida pelo Avô até uma cadeira na antessala. Devo estar com cara de doente, pois o dentista me traz um copo de garapa e insiste para que eu a beba. O Avô me manda esperar um pouco, e os dois voltam a se enfiar na sala do martírio. Porta entreaberta, daqui posso ouvi-los: palavras desconhecidas, frases espedaçadas e carentes de significado. Em algum momento, o tom das vozes se torna mais solene, e eu apuro os ouvidos. O dentista parece bravo, e o Avô lhe pede para falar mais baixo. O homem serena: Ah!, a menina. Nem preciso refletir: assim como o Avô com o doutor Humberto, eles têm um segredo. O Avô sussurra, mas o dentista, outra vez indignado com algo que não consigo apanhar o sentido, torna a subir o tom. Nervoso, e visivelmente contrariado, o Avô se despede às pressas.

A caminho de casa, eu o examino, mais sério do que nunca, recolhido nele mesmo, distante de mim um oceano. Certamente continua lá, no espaço desolado para onde o dentista o conduziu. Toco-lhe o braço: O que é ato institucional, Avô? No sobressalto, ele se volta um segundo para mim, a voz alterada pela irritação: Nada que possa interessar a uma menina da sua idade. Sabe agora que estive atenta à conversa dele com o dentista. Embora seja comedido com as palavras, o Avô não é de me deixar sem explicações. Concluo que ato institucional é alguma coisa sinistra ou, no mínimo, indecente. Não dou o braço a torcer: E cassação, pode me dizer o que significa? Ele leva outro susto: Conversaremos em casa, Ramona, e não fale sobre isso nunca mais com ninguém, está me ouvindo?

A conversa não acontece. Almoçamos sem a presença dele, que se diz indisposto para comer. Esconde-se no escritório. Da mesa de refeições, podemos ouvir a chiadeira do rádio e a voz grave do locutor no noticiário do meio-dia. Mais tarde, sem almoço e ainda com olhos desgraçados, ele torna a sair. Com o coração no aperto, vou encontrar meus novos amigos.

Teo e Concita não se mostram dispostos a abrir o bico sobre o homem e a velha. Detesto a malícia com que se olham. Detesto como se desbandeiram em riso por algo que me exclui. Uma amizade não pode começar com segredos. Desapontada, digo-lhes isso, e espero a reação dos dois. Concita é a primeira a voltar atrás: Se somos amigas, somos e pronto. Teo a segue: Você está certa, Ramona; vamos lhe contar.

Concita me puxa pela mão para trás da pedra grande às margens da trilha. Talvez apareçam hoje, o homem e a velha; não há dias certos para o encontro. Teo cochicha, um sorriso a lhe rasgar a boca bonita: Se dermos sorte, você irá assistir ao maior espetáculo da Terra. Concita me alerta para que eu guarde absoluto sigilo sobre o que ainda desconheço: Uma única palavra com qualquer pessoa, e nunca mais o nosso segredo será nosso, nunca mais poderemos espiá-los.

Durante a espera, que não dura muito, permanecemos quietos, o silêncio partido apenas pelo coro das maritacas. A velha surge primeiro, vestida na mesma roupa, a maleta de mão na cadência de um pêndulo de relógio, os pés descalços em passo marcial. Desta vez, solfeja uma canção de ninar. Sobe os degraus de ferro lentamente, atrapalhada com a pequena mala. De vez em quando se vira, talvez para se certificar de que o homem está a caminho. E bem no instante em que ela desaparece no interior da caixa d'água, ele se aproxima em bamboleio de homem feliz.

Sou a primeira a subir. Concita repisa, aos murmúrios: Vai logo, Ramona, a vez é sua! Ponho um pé sobre a barra de ferro de cima, e esqueço o outro na de baixo, o coração numa batida opressiva. Minha mãe chamava isso de pressentimento ruim. Concita se enfurece com o que ela imagina ser lerdeza minha, e ameaça, o indicador apontado para o alto: Se olhar mais uma vez para baixo, arrasto você daí, e não verá nada, nem hoje nem nunca.

Há uma escadinha interna, por onde o homem e a velha desceram. Amoleço como uma fruta madura ao enxergá-los deitados no fundo da caixa d'água, tão seca quanto minha boca, os cambitos dela enlaçados nas pernas dele. O homem a cobre com o imenso corpo; o traseiro despido, grande e branco como uma lua cheia partida ao meio, move-se continuadamente. A velha geme baixinho, talvez de dor, talvez de prazer; daqui mal distingo a expressão no rosto de maracujá. Em vão tento espantar a imagem que me esfola o peito: brechada pelo buraco da fechadura, minha mãe arqueia o corpo nu sobre o corpo do homem desconhecido; fecho os olhos, e os gemidos, a princípio ronronantes, sobem de tom, e sobem mais, até se transformarem em arquejos ásperos.

Às vezes, pensar em minha mãe é cutucar uma ferida; abro-lhe a casca pelas bordas, devagarzinho, um gozo a escorrer com o filete de sangue.

Acordo mais tarde do que normalmente. Após o café, rumo em direção ao centro. Encontro a mulher dos bolos plantada no mesmo local. Simulo um interesse especial em sua arte; ela mesma quem prepara os bolos, assim também os cavalinhos de goma e os doces. Separo dois bolos, um de leite e um de milho, e ainda um saco de biscoitos, outro de beijinhos. A mulher sorri, animada com a venda. Pergunto-lhe, então, como se chama a menina magrinha, muito simpática e divertida, que conversava com ela há dois dias aqui mesmo. A vendedora observa-me com ceticismo e, ao invés de me responder, indaga de forma inesperada: O que a senhora quer com a menina? Nem tenho tempo para criar uma história, e ela acrescenta, ríspida: Por acaso ela lhe tirou alguma coisa?

Fui longe demais ou não soube ir pelo melhor caminho. Digo-lhe, então, de forma franca, que vi quando ela lhe furtou os cavalinhos de goma. A mulher não parece surpresa nem menos antipática. Talvez a menina sofra de fome, digo, gostaria de presenteá-la, mas não sei onde vive. A vendedora não engole a simulação, mas escolhe se calar. Lança-me uns olhares inseguros, amassa as mãos, dá umas miradas na possível compra, já embrulhada.

Escute, diz depois de um longo pensar, não quero confusão com a menina nem com a avó dela. Pelo tom conciliador, intuo que irá fechar a venda. Adianto que vim de fora, vivi aqui quando garota, não quero trazer transtorno para ninguém, absolutamente. A mulher me avalia com um resto de incerteza, e acaba por resmungar: O nome dela é Nina; vive lá nas Populares, não sei em qual casa. Esclarece que as Populares são um conjunto habitacional localizado na saída da cidade, no antigo sítio onde os ciganos se arranchavam, e me orienta a tomar a Estrada do Cavalo.

A caminho da casa de Nina, diviso, a certa distância, por cima das copas do arvoredo, uma estrutura retangular, de um branco esmaecido. Entranho-me na mata perfumada a alecrim. O verde se esparge por toda parte, do mais claro ao verde Toulouse Lautrec, o silêncio rompido apenas

pelo canto agudo de um pássaro e pelo castanholar das sementes nas vagens das acácias. Em minutos estou diante da enorme caixa de concreto. Coloco o saco de compras ao pé da escada e subo com dificuldade; unhas-de-gato se alastram em remoinhos pelos degraus de ferro, e os espinhos me lanham os braços e as mãos. Alcanço o topo. O limo veste as paredes internas da caixa d'água, o fundo empoçado das chuvas recentes.

O passado é uma pintura impressionista: imprecisão onde antes havia fatos. De pronto, sou arremessada ao centro daquele estranho amor, que se desenrola sob os olhos da memória; a velha e o homem deitado sobre ela, as nádegas dele no chocalhado rítmico, as pernas dela entrançadas às pernas dele. Por um segundo tenho a impressão de que estão lá ainda, no fundo da caixa d'água, possuídos pelo delírio da carne, o rosto carcomido da velha voltado para o alto, os olhos cerrados na visão do absoluto. E dentro de mim ardem, outra vez, as velas do oratório das tias, as pequenas línguas de fogo a me consumir.

Desço devagar, de costas, um pé depois do outro, tal qual a velha com a sua mala de mão. Tomada por um zumbido incerto, aspiro o ar profunda e compassadamente, até alcançar o solo. Pego a sacola de compras e retomo a caminhada. De volta à Estrada do Cavalo, alcanço o conjunto habitacional logo depois da grande curva que o rio faz, antes de se alargar e empreender a longa jornada em direção a águas maiores.

As ruas das Populares são estreitas e pavimentadas. Crianças, cachorros e galinhas vagueiam diante das casas de porta e janela. Lado a lado, frente a frente, fachadas idênticas, rebocos aqui e ali descolados das paredes, tijolos aparentes; pintadas em tonalidades variadas, das mais discretas — amarelo-pálido, verde-paris, rosa-pele, azul-lavado — às mais berrantes — azul-turquesa, verde-limão, coral, magenta. Sobre os parapeitos das janelas, cachepôs improvisados em latas de leite em pó ostentam as flores amarelas das beldroegas. Entre uma casa e outra, roupas esvoaçam nos varais.

Abordo uma moça; ela sacode a cabeça em negativa ao ouvir o nome de Nina. Debruçadas às janelas de suas casas, duas vizinhas conversam animadamente, e eu as interrompo para lhes perguntar se conhecem a menina. Lá à frente, onde algumas crianças jogam bola, um garoto suado indica com um dedo a direção, e conta por quantas casas devo passar até estar em frente à de Nina.

Da porta aberta, vislumbro as pernas de um homem deitado sobre um sofá. Bato palmas, e ele se mexe ligeiramente. Chamo por Nina. Uma moça sai por uma porta no interior da casa e se aproxima, com ar de quem acaba de sofrer uma tragédia: Nina não está, saiu com a avó; o que a senhora deseja? Explico-lhe que conheci a menina há dois dias, no centro da cidade, achei-a simpática, vim lhe trazer uns bolos. Esboça um sorriso sarcástico: Simpática?, e corre os olhos inquisidores pela sacola que trago à mão. Assim como a vendedora, não crê em minhas palavras. Aponta para a sacola: Bolos? Confirmo com um aceno de cabeça. Prende um dedo entre os dentes da frente e olha incertamente para a rua, como se Nina pudesse surgir e desfazer um possível mal-entendido.

Atrevo-me: Algum problema se eu entrar e aguardar por ela? A moça chama o homem deitado no sofá: Zeca, vem cá, resolve isso aqui para mim. Torna ao quarto sem me dar tempo de lhe mostrar as compras — quem, por Deus, consegue resistir a um bolo de milho? O rapaz se senta na ponta do sofá, se espreguiça, boceja e, por fim, me fita com incredulidade: Qual é o problema, senhora? Problema nenhum, respondo, só quero entregar umas coisas para Nina; posso esperá-la? Ele suspira, aproxima-se da porta e resmunga: O que ela aprontou dessa vez?

Levo dois minutos para convencer o homem a me deixar entrar. Ponho a sacola sobre a mesa, e me ajeito no sofá emporcalhado de fanicos de biscoito, a espuma a saltar dos buracos. Ele liga a tevê e se mantém calado. Não ouso abrir a boca para mais uma palavra. A moça que me atendeu surge à porta do quarto, olha duramente para o homem, move a cabeça de um lado para o outro, e volta a se fechar, não sem antes bater a porta com furor. É sua irmã?, pergunto por perguntar, embaraçada com a situação, e ele me diz: Não, é minha mulher; está tentando fazer o bebê dormir. Afeto uma surpresa alegre: Ah!, um bebê? Ele não responde; ergue-se e encaminha-se para a saída: Tenho que ir; fique à vontade.

Ergo-me também. À porta, vejo-o tomar o caminho para o centro. Nenhum sinal de Nina. Retiro os bolos e biscoitos da sacola e os arrumo sobre a mesa forrada com uma toalha de plástico de motivo floral. Recolho talheres, xícaras, pratos com restos de comida, onde passeiam duas baratas miúdas e louras. Enojada, ponho tudo sobre a bancada ao lado da pia. Sobre o fogão, uma chaleira e uma panela destampada, por onde escorre um fio grosso e escuro, provavelmente de caldo de feijão. Resolvo aguardar mais um pouco.

Neste instante, enxergo a fotografia na parede acima do sofá. Ó, Deus!, somos nós, eu e Concita na Festa da Padroeira. Lembro-me desse dia, do preciso instante em que fomos fotografados, eu, ela e Teo. Usávamos nossas roupas novas, vestidos de fustão de algodão, com renda *guipure* na barra da saia e das mangas, um laço à altura do quadril; o meu, azul Chagall; o de Concita, na tonalidade rosa de *A quietude antes da tempestade*. Tia Anunciada resistiu em costurar para minha amiga. Durante dias eu a cobri de beijos e súplicas chorosas, até o momento em que, coração abrandado, autorizou-me a trazer Concita para lhe tirar as medidas: Faço isso unicamente por você, Ramona; desgosto dessa menina, e ai de quem eu desgosto. Anote aí no seu caderninho, boa bisca ela não é.

Todo ano, durante a Festa da Padroeira, o parque de diversões itinerante instalava-se em nossa rua, de um lado a outro da praça. Deves te recordar do meu contentamento àqueles dias. Lá de cima da roda-gigante, armada em frente à janela do teu quarto, eu, Concita e Teo tínhamos uma visão ampla da cidade e, em particular, da festa: os telhados das casas, o campanário da matriz, a torre do relógio, as luzinhas coloridas dos carrosséis, as canoas, os trenzinhos, as barracas de churrasco e as tendas de espingardas de rolha, com os bichinhos de pelúcia e maços de cigarro enfileirados sobre as bancadas de madeira. Nos pavilhões azul e vermelho, os adultos — tu permanecias em casa; quando muito, te sentavas à calçada na companhia das tias para assistir ao passeio festivo das famílias — batiam-se no leilão de prendas doadas pelos comerciantes da cidade; ao final, o apurado era repassado à Irmandade de Nossa Senhora das Pedras.

No alto-falante do parque, o cantor entoava a frustração de um amor não retribuído: *Esta é a última canção que eu faço pra você, já cansei de viver iludido só pensando em você, se amanhã você me encontrar, de braços dados com outro alguém, faça de conta que pra você não sou ninguém...* Concita, que conhecia a letra de cor e caprichava nos gestos melodramáticos, esgoelava-se: *Mas você deve sempre lembrar que já me fez chorar, e que a chance que você perdeu nunca mais vou lhe dar, e as canções tão lindas de amor, que eu fiz ao luar para você, confesso iguais àquelas jamais ouvirá.* Teo sacudia-se para fazer a cadeira da roda-gigante balouçar, enquanto eu e Concita nos agarrávamos aos berros e risos.

O locutor fazia os oferecimentos dos cartões-sonoros; as canções eram dedicadas às namoradas ou às moças por quem os homens e garotos estivessem apaixonados. Alguns se mantinham no anonimato ou se identificavam apenas com as iniciais do nome e sobrenome. Concita costumava dar nomes aos bois: Aposto uma maçã do amor que foi Pedro, o filho daquele senhor que vende gaiolas para pássaros, quem ofereceu *Coração de papel* para Jussara. Às vezes, acertava; depois, confirmávamos esses acertos. Eu desconhecia as pessoas mencionadas; tampouco tinha a sorte de receber um cartão-sonoro.

Na tenda da vidente, a fotografia exposta num cartaz ao lado da bilheteria mostrava uma mulher de turbante na cabeça, olhos extravagantemente pintados, mãos em concha sobre a bola de cristal. A fila na tenda da Mulher Gorila era comprida como uma estrada de ferro, mas nós a enfrentávamos com alegre impaciência, debaixo dos gritos do homem contratado para fazer a propaganda da Monga: Venham conhecer a bela jovem que se transforma em criatura monstruosa; venham, senhor, senhora, senhorita, vocês jamais se arrependerão, a visão da Mulher Gorila é uma experiência inesquecível! Sim, nunca esqueci.

No espaço pequeno, com algumas cadeiras dispostas em quatro a cinco fileiras, sentávamos e esperávamos. Enquanto a Monga não aparecia, vigiávamos a jaula vazia, aos cochichos, como se ela pudesse nos ouvir. De súbito, a música, suave a princípio, rompia a bolha da nossa ansiedade. Junto à música, surgia a mulher de cabelos negros e compridos, montada em sandálias de saltos altos, vestida em um *collant* preto bordado com lantejoulas, as pernas um tanto encobertas pelas meias finas igualmente pretas. Por alguns minutos, balançava-se sensualmente dentro da jaula, sob a chuva estrepitosa de aplausos e assovios. Conforme a música ia se intensificando, pelos negros iam lhe tomando os braços e as pernas, as mãos iam se agigantando, as unhas se alongando e se arqueando. Então, um homem invisível passava a implorar: Não permita que carreguem sua alma, Monga!, resista, Monga!, resista! A essa altura, muitos já estavam em pé, inclusive eu e Concita, a gritar e a golpear a porta de saída. Quando, enfim, a porta se abria, a moça bonita, já transfigurada no imenso macaco, investia sobre as cadeiras, a urrar e a bater violentamente no peito, enquanto a voz masculina seguia suplicando: Desperte, Monga, desperte!

Lá fora, reencontrávamos Teo, sempre o último a deixar a tenda. A cada vez, zombava da Monga e de seus truques baratos. A cada vez, Concita mandava que se calasse e deixasse de ser espírito de porco; não estávamos ali para desvendar mistérios, e, sim, para experimentá-los e nos divertir.

No átrio da igreja do cruzeiro, ao som de pífanos, triângulos, foles e zabumbas, os Pontões — quilombolas vestidos em calças brancas e camisas em cor encarnada e azul, os chapéus de palha contornados de fitas coloridas — cantavam e batiam os pés, cadenciada e febrilmente, os olhos injetados de aguardente, as expressões animosas, como se possuídos por espíritos guerreiros de terras longínquas. Gingavam, rodopiavam, erguiam e abaixavam as lanças enfeitadas com faixas multicores, em cujas pontas se encaixavam maracás que chiavam na cadência das figurações. Na assistência disposta em roda, com eles ao centro no bailado ancestral, eu me espremia em Concita, as mãos suadas, o coração aos solavancos. Embora soubesse se tratar de uma representação, não conseguia me livrar da sensação de terror.

O fotógrafo que registrava o espetáculo àquele dia nos encerrou dentro de um certo momento. Cá estamos, eu e Concita, em nossos mais íntegros sorrisos, graciosamente abraçadas. Apalpo a imagem. Toco a ausência de Teo; um dos braços de Concita, que se abre para o lado, enlaça o nada. Éramos três; tenho a fotografia presa à porta da geladeira por imãs em forma de coração. Quem sabe, Teo ainda conserve a dele.

Assusto-me com a presença da moça. De pé, ao lado do sofá, ela me observa com indisfarçada hostilidade: O que a senhora está fazendo aí? Escorrego para o assento de forma desajeitada e balbucio um pedido de desculpas. Ela não relaxa, o olhar espinhoso: Acho melhor a senhora vir outro dia; minha mãe está no trabalho, vai demorar, e Nina nunca tem hora para voltar.

Ergo-me num salto e encaminho-me para a porta com ela às minhas costas, como se duvidasse da minha intenção de partir. Já na rua, viro-me, e a moça está lá ainda, apoiada no caixilho da porta, uma mão na cintura — por que as pessoas dessa família me fazem sentir tanta vergonha de mim mesma?

São muitos os preparativos para a chegada de Frei Damião. Tia Concebida anda azoretada com as arrumações na casa paroquial, onde o homem irá se hospedar, bem como com o almoço que será servido em nossa casa na primeiríssima tarde do frade em Nossa Senhora das Pedras. As tias me confiam a tarefa de lustrar os móveis com óleo de peroba, de lavar cuidadosamente a louça de porcelana e as taças de cristal. Ainda me encarregam de fazer o piso brilhar; com um pano seco, aplico a cera em pasta sobre o cimento queimado; em seguida, esfrego ali a flanela e, por último, uso a enceradeira. Amo o cheiro que incensa a casa depois. A sensação é a de que minha alma, toda perfumada, reluz junto ao piso.

A pedido de tia Concebida, dona Pura — mãe de Concita —, lavadeira e, nas horas vagas, doceira, prepara uma compota especial da casca da laranja para adoçar a boca do Frei. Tia Anunciada ajuda a irmã com o pernil de porco e as costeletas de carneiro. O Avô cruza os braços e rosna não saber o que tanto se faz preciso para receber um andarilho, um homem de simplicidade franciscana, que gasta a vida em peregrinações por estradas e lugarejos perdidos no oco do mundo. Pergunto-lhe, baixinho, para que a tia Concebida não me ouça, se Frei Damião é de fato um santo, como dizem por aí. O Avô fecha os olhos, suspira fundo e me esclarece: Não, Ramona, longe disso; o frade é um homem retrógrado, de ideias medievais, missionário de um evangelho morto.

Um dia antes da chegada de Frei Damião, o Avô ameaça se mandar para a Micaela. Tia Concebida implora que fique, se não pelo frade, por ela, que não merece uma desconsideração dessas. Atende à irmã, mas some de casa na hora da celebração da missa, que acontece em um palanque improvisado na carroceria de um caminhão estacionado aos pés da igreja matriz. Eu e tia Anunciada permanecemos em frente de casa, imprensadas contra a parede pela multidão. Ao lado de Frei Damião, apertam-se o padre Lauro, uns três coroinhas, o prefeito e mais alguns políticos — inclusive aquele a quem o Avô não se digna estender a mão — e suas esposas. Tia Concebida, com a cabeça coberta por uma mantilha branca de renda francesa, parece compenetrada e satisfeita de uma maneira especial. Em baixo, sobre um tablado de madeira, um coral de mulheres entoa hinos entre uma e outra fala do frade, com o apoio dos assistentes — todos de olhos cerrados na fé, rosários e escapulários à mão, garrafas d'água seguras contra os peitos para o momento da bendição, as vozes a subir em linha reta para o Céu.

O Avô não perde nada; se a missa fosse em latim, não faria diferença. Aposto a minha alma que nenhum dos fiéis consegue entender uma só das palavras do Frei. Sua voz é um fiapo fanhoso que só a Deus é dada escutar. Porém, diante da veemência dos gestos, não passa despercebido a ninguém o tom furioso do sermão. Com o dedo em riste, o velho aponta para cima, de onde o Todo-Poderoso tudo alcança, e para baixo, território de trevas e labaredas, em claras intimidações à multidão.

Acabada a missa, espoucam os foguetões. A banda marcial, num dobrado triste, acompanha o frade até a casa paroquial, seguido de perto por uma parte do povo, que demora a se dispersar. Plantadas em frente à porta por onde Frei Damião acaba de desaparecer, as pessoas esperam não sei o quê. Talvez uma aparição à janela. Se ele erguesse o crucifixo que traz sobre o peito e abençoasse os fiéis outra vez, e mais de perto, quem sabe eles se sentiriam mais bem perdoados e preservados do mal.

Ao meio-dia, o padre Lauro chega para o almoço na companhia do convidado de honra. Frei Damião caminha com dificuldade, envergado como uma vara de taquara açoitada pelo vento. Tia Concebida me manda trocar a saia, curta demais para as vistas do religioso, que abomina essas modernidades. Do meu quarto, eu a ouço convidá-lo a bendizer os cômodos da casa. Num repente, eu me lembro da peça íntima deixada sobre a cama e, antes que ele entre no quarto e se depare com a minha pecadora intimidade, meto a calcinha embaixo da colcha. Devidamente vestida para os olhos do frade, eu o vigio a certa distância. Boto logo reparo no que lhe falta em pescoço e lhe sobra em omoplatas; penso em um pássaro desemplumado, as asas escondidas sob a batina de um marrom muito escuro. De quarto em quarto, sob o olhar penitente da tia, ele ergue uma das mãos, traça dezenas de cruzes no ar, bodeja uma prece secreta.

À mesa, Frei Damião senta-se numa das pontas; o Avô, na outra. Tia Concebida não cabe em si de euforia. Um sorriso se agarra à sua boca como uma dentadura postiça, e a fala escorre feito calda de caramelo sobre o frade e o padre Lauro, a quem ela serve primeiro. Durante toda a refeição, o padre Lauro não fecha a boca, a comida a fazer pega com as palavras, numa nojeira de repugnar qualquer cristão. O Avô, ostensivamente descontente com o que ele chama de pantomima, não pronuncia uma única palavra, e mal toca na comida. O capuchinho arranha duas frases, uma combinação mal-acabada de português e italiano. Em algum momento aponta para mim e fala algo incompreensível. Sorrio, sem saber de quê, e ele balança a cabeça: Sim, sim, esta menina! Pergunto-me se não está a me rogar uma praga — Concita me advertiu de que os esconjuros dele são piores do que os das ciganas.

Depois do almoço, com a saída dos convidados, pergunto à tia Concebida se ela conseguiu entender o que Frei Damião disse de mim. Ela assevera se tratar de palavras vindas diretamente de um coração virtuoso, e pergunta: Não notou o olhar paterno no instante em que se dirigiu a você? Não, respondo, não notei. O Avô tampouco abona o mistério: Quem esse velho atrevido pensa que é? Ele acha que pode chegar assim na casa dos outros e fazer das suas impunemente?

A cidade não se despede de Frei Damião, nem mesmo tia Concebida, que não esperava uma partida tão cedo, na madrugada ainda. Retorna acabrunhada da casa paroquial, por não ter conseguido chegar a tempo para a última bênção. O Avô lhe pergunta se já não está devidamente abençoada até a quinta geração. Desgostosa da brincadeira, ela abandona a mesa do café da manhã e vai se entocar no quarto.

O aniversário da irmã mais velha de Teo deveria ter sido comemorado no dia da chegada de Frei Damião. Como não dá para competir com o frade, a festa foi adiada para hoje. Visto a saia evasê cor de abacate e a blusa estampada tomara-que-caia, costuradas com capricho por tia Anunciada. Calço sapatilhas novas — meus pés crescem com uma rapidez assustadora. O Avô me mede a altura, e lá está, na parede azulejada da cozinha, a marca anterior, de quando cheguei. Além de ter aumentado vinte e oito centímetros, meu corpo expandiu-se para os lados, especialmente nos quadris. Agora tenho pelos no sexo, sangro todos os meses, e evito me banhar na presença de qualquer das tias. Concita não mais me critica a falta de peitos. Quando o meu corpo era uma tábua de passar roupas, ela me ensinou a esfregar cebola crua nos mamilos todas as noites antes de dormir. Um dia, quase morri com a entrada de tia Concebida no quarto; ao sentir o ar saturado de acidez, ela me interrogou. Isso tudo ficou para trás. De frente para o espelho preso à porta do guarda-roupas, amarro os cabelos em um rabo de cavalo, mas volto atrás e eles se esparramam no alto das costas, feito a cauda aberta de um pavão. Ponho os brincos dados pelo Avô no meu último aniversário e, por fim, busco, no espaldar da cama, o olhar de aprovação de minha mãe.

Antes de sair, dirijo-me ao escritório do Avô. Arrumo os cabelos atrás de uma das orelhas para que ele repare no brinco. À porta, porém, escuto a voz de doutor Humberto.

Pelo tom sufocado, segredam novamente. Fico onde estou, uma orelha colada à porta, e torço para que nenhuma das tias me surpreenda em postura de vergonha. Mas não os ouço como gostaria; alcanço uma palavra aqui, outra acolá. Enfim, compreendo: em algum lugar, policiais militares mataram um estudante, um tal Edson Luís. O Avô parece consternado — o garoto só tinha dezessete anos.

Encontro Concita em frente à casa de Teo. Vestida em minissaia vermelha, estampada com flores brancas, ela parece bonita de um jeito desconcertante. Como não tenho autorização das tias para me maquiar, invejo os olhos sombreados de azul, os lábios fartos de batom cor de caju maduro. Entramos juntas na casa, pequena para a quantidade de jovens que se acotovelam entre a sala e a cozinha — rapazes e moças mais velhos do que nós, estudantes do científico, alguns já trabalhadores. Transitam em grupos para lá e para cá, as mãos ocupadas com copos e cigarros, as falas afogadas pela música em todo volume. Não encontramos Teo, e tornamos à calçada. Duas moças passam de vez em quando com bandejas de salgadinhos; Concita se farta.

Finalmente ele surge no fim da rua; carrega, em um carrinho de mão, um bloco de gelo. À entrada de casa, faz para nós um sinal de volto já. Concita interroga a moça que nos serve, quer saber sobre bebidas. Ela nos oferece Coca-Cola e refresco; diz que não temos idade para ingerir álcool. Basta ela nos dar as costas para Concita atacá-la com um palavrão e esbravejar: Vamos ver quem aqui não vai beber álcool, sua besta! Torna a entrar em casa, e em alguns minutos retorna na companhia de Teo; em cada mão, um copo comprido e cheio até a borda de um líquido branco.

O drinque é deliciosamente doce e cremoso, como uma vitamina. Em dois tempos, uma alegria excessiva me entope a boca de risos e palavras. Ensaio uns passos de dança — solto os braços, remexo os quadris; descubro o ritmo, ardente como o rastro deixado pelo álcool em meu sangue. Concita, já no segundo copo, parece alheia ao olhar de deleite que Teo lança sobre mim. O terceiro leite de onça não tarda, e eu começo a me afligir por ela. Receio que se embriague e seja repreendida pela mãe ao voltar para casa. Eu mesma já sinto as pernas ligeiramente bambas, e ainda estou no primeiro. Depois do quarto drinque, Concita não é capaz de fixar os olhos em nenhum de nós; dança languidamente, abraçada a si mesma, e as palavras se engrolam na boca, como se ela lutasse com muitas línguas. Teo decide levá-la em casa, e ela não esboça a menor reação.

Sento-me nos batentes da casa vizinha e aguardo o retorno de Teo. Alguém aumenta o volume; há mais melodia no repicar dos sinos da matriz do que na zanguizarra de guitarras e bateria. Contemplo o cortinado de prata acima de mim. Tenho a sensação de que o meu corpo se cobre de asas e penachos, que adejo numa correnteza de estrelas, e isso, eu sei, é felicidade.

Teo retorna e me convida a dançar. Digo-lhe que minhas pernas não parecem minhas, não quero passar vexame diante dos convidados. Ele não aceita minha recusa; toma-me o copo da mão e puxa-me para o interior da casa. A sala, iluminada tenuamente pela luz de um abajur, recende a uma mistura de perfume, suor e fritura. Ele me enlaça pela cintura. Conheço a canção que está tocando; já a ouvi em rádio. A voz masculina, rascante e nasalada, talvez fale de amor. Embora Teo não tenha estudo da língua inglesa, e eu tampouco conheça o significado das palavras solfejadas em meu ouvido, arrepio-me com o hálito morno que me roça a nuca. Deslizamos os pés quase sem sair do lugar. Agora deito a cabeça no peito dele, afundo no coração lanudo, que bate no desarranjo de um carneiro encurralado. Fecho os olhos, dissolvo-me na calidez da voz de Teo. Ao abri-los, a sala inteira gira diante de mim, giram os dançarinos, gira o rosto dele. O que está sentindo?, pergunta, e eu lhe digo: Estou morrendo. Teo me abraça com mais força e sussurra: Também estou morrendo, Ramona; morrendo de amor por você.

Telefonei para Tomás hoje cedo, logo após o café da manhã na companhia de Simone. A moça tem se mostrado uma ótima dona de casa, dessas que não temem arregaçar as mangas. As quinas altas das paredes estão livres das aranhas e de suas teias, os lençóis ajustam-se ao colchão numa perfeição de cama arrumada por camareira de hotel, as luminárias mostram-se limpas do pó e dos insetos suicidas, e até as lágrimas de cristal dos lustres brilham em limpidez. Numa dessas arrumações, Simone pendurou a *Oferenda* — nome que dei à pintura da Avó — em uma das paredes do teu quarto, de frente para a cama. Todas as noites adormeço com os olhos deitados na altivez da Nossa Senhora e na desolação da cigana.

Encontrei Tomás ainda na cama; a voz rouca e reticente denuncia a lombeira. Esqueci-me de que hoje é sábado, e as noites de sexta-feira não têm hora para acabar. A galeria está bem, sem novidades. Ele quer logo saber se decidi o que fazer com a Vila Donária. Digo-lhe que ainda não; ando enrolada com burocracias cartorárias. Igualmente com o passado. Conto-lhe que localizei Concita; vive miseravelmente na periferia da cidade. Fui até lá, mas não a encontrei. Agora reluto em voltar. Desconfio de que não será bom falar-lhe de mim, expor-lhe a minha vida. Receio que despreze o mundo em que vivo, e que desdenhe das minhas crenças e valores. Não me surpreenderia se recriminasse o que faço, e afirmasse que no mundo real, o seu mundo — o da injustiça e desigualdade de oportunidades —, não há beleza, assim como não há beleza na guerra. Conheço-a como a palma da minha mão; é capaz de me dizer que a Arte é pura treta, enganação de quem não precisa trabalhar para viver. Temo que me faça sentir um simulacro de mim mesma.

Tomás busca me apaziguar; acredita que o reencontro entre pessoas que se gostam é sempre prazeroso, ainda que se dê em circunstâncias precárias. Digo-lhe que ele não sabe nem de longe quem é Concita. Agora titubeia ao me aconselhar; se a possibilidade desse encontro me incomoda, se diante dela poderei não me sentir à vontade para compartilhar minha vida, a pintura, a experiência bem-sucedida como *marchand*, talvez seja melhor eu não procurá-la e deixar as coisas como estão.

Ao encerrar a conversa com Tomás, atendo à ligação do advogado, o filho de Tonho Mefisto. Agendamos uma hora no cartório, daqui a dois dias, no primeiro horário da manhã. Tenho mais um hoje descompromissado, de caminhadas a esmo, com o sol a me bronzear o rosto e os braços — tão morenos quanto anos atrás, quando tia Anunciada, arreliada com o meu tom de pele, incompatível com uma neta de Graciliano Filgueira, mandava-me parar em casa.

Decido visitar as antigas instalações da fábrica de óleo. Simone resolve me acompanhar. Sugiro passar pelas Populares, mas ela assegura que há um caminho mais curto. No céu limpo — de brigadeiro, como dizias –, o sol esbraseia. Algumas pessoas se protegem com o uso de guarda-sóis. Simone anda com rapidez, e eu me esforço em segui-la. Tagarela sobre a própria vida, as dificuldades com a mãe doente, o irmão viciado em crack, a escola à noite, depois de um dia inteiro de trabalho. Prepara-se para fazer um curso universitário na faculdade pública da cidade vizinha; não pode pagar a particular aqui mesmo. Eu a aconselho a se inscrever no programa governamental de financiamento estudantil.

Cruzamos a linha do trem, agora desativada, e pegamos uma trilha entre a rodovia e a fábrica. Os arbustos, espigados pelas chuvas, invadem o acesso estreito e alcançam nossas pernas. Vestida em saia, Simone salta de um lado para outro, a sorrir e a discorrer sobre o mundo, enquanto eu me embrenho no passado. As lembranças florescem pujantes como uma vegetação de inverno; fustigam-me, despelam-me, aprofundam-me cicatrizes.

Em frente à fábrica de beneficiamento, nós nos deparamos com o portão de ferro cerrado a cadeado. O abandono expande seus tentáculos sobre os prédios de tijolos vermelhos — telhados destroçados, mato nas frinchas das portas e janelas, montes de lixo nos corredores dos armazéns. Uma serpente alaranjada cruza o pátio e desaparece entre arbustos, que se esparralham pelo chão até a porta do antigo escritório. Silenciosa, a chaminé alça para o céu uma solidão que me abre uma fenda no peito. Simone remexe o cadeado, grita lá para dentro: Alguém aí? Sorriria com incredulidade, assim como se faz diante de loucos, se eu lhe dissesse que estou lá, no interior de um dos armazéns, na penumbra da sacaria, com Teo a me beijar e a esmagar nos dedos a amêndoa entre as minhas pernas, o óleo a me escorrer pela parte interna das coxas.

Retornamos frustradas; eu, muito mais do que Simone. Ela não tem lembranças do apito da chaminé a ressoar sobre a cidade, das épocas de safra com o burburinho dos catadores de frutos das oiticicas, da voz do pai de Teo no comando dos operários. Esse tempo acabado não lhe pertence.

A caminho de casa, Simone me mostra a trilha que vai dar nas Populares, não sem antes me advertir que não há nada além de miséria para ver lá. Pergunta se estou a buscar alguém, e eu tergiverso: Talvez uma amiga de outros tempos; não sei ao certo onde vive. Por alguma obscura razão, furto-me de lhe dizer o quanto gostaria de rever Concita, sentar-me à sua mesa, alimentar-me da sua comida, perder-me com ela outra vez pelos campos de mussambês, cobrir Nina de beijos, sentá-la sobre as minhas pernas, encher-lhe as mãos de cavalinhos de goma.

Caminhamos entre as ruelas, para lá e para cá, desorientadas. Não consigo me lembrar em qual delas me meti há dois ou três dias. Simone se dispõe a perguntar a alguém: Como se chama sua amiga, Ramona? Diga-me, e eu me informarei. Abano a mão num gesto cansado. Não me sinto à vontade para lhe falar sobre a dubiedade dos meus sentimentos. Uma opressão no peito e um calor de incêndio na cabeça me impedem de ir adiante. Encosto-me à parede de uma casa. Uma cristã pergunta a Simone se estou bem, e me traz uma bacia com água, onde afundo o rosto.

Voltamos para casa pelo centro. Estranhamente calada, Simone observa-me com o rabo dos olhos. Passamos pelo mercado público para algumas compras: frutas, legumes, carne, ovos, leite. Depois, sugiro uma ida à sorveteria. Sento-me em uma das mesas à calçada, à sombra de um toldo, derrotada pelo bafo morno do calçamento, enquanto Simone vai até o balcão fazer os pedidos. Descalço-me dos tênis que parecem pegar fogo. Os pés doem; há calos nos dedos mínimos — os malditos dedos mínimos, sempre tão sensíveis. Acendo um cigarro e o trago com sofreguidão. A fumaça corre ligeira para meus pulmões, aquietando-me a alma, como se a nicotina e o alcatrão fossem substâncias ansiolíticas. Então, avisto Nina. Contenho-me para não gritar seu nome, para não correr e me atirar sobre ela, logo ali, a poucos metros, encostada na lateral de um automóvel, os braços cruzados sobre o peito, a observar um descarregamento para o açougue.

Tomo o sorvete em grandes lambidas, alheia à fala de Simone, os olhos cravados na figura pequena e graciosa. Não quero perdê-la de vista outra vez. Digo a Simone que, se ela quiser ir para casa, fique à vontade. Minto ao lhe falar sobre a necessidade de dar uma passada no escritório do advogado. Ela ainda se entretém brevemente à esquina, na banca de revistas; depois se afasta ligeira com os pacotes das compras — ao que parece, sem nenhum machucado nos pés.

À distância, percebo que Nina conversa com um dos trabalhadores responsáveis pela carga. Desagradam-me o sorriso do homem e o olhar malicioso com que ele cobre a menina. Aproximo-me antes que ele lhe passe uma peça de carne às escondidas, e ela tenha de lhe prometer algo em troca. Nina assusta-se, mas logo se recompõe: Você de novo? Constrangida com a acidez da menina, digo, conciliadora: Parece que frequentamos os mesmos lugares, Nina. Ela torna a me agredir: A senhora não se cansa de correr atrás de mim? O homem solta uma gargalhada. Encaro-o com frieza, e ele se afasta escabreado. Convido-a para um sorvete. Ela me encara com uma expressão de dúvida no rostinho petulante: Acha que passo fome? Não, respondo. Ela continua: Por que vive me oferecendo comida? Sorrio, e tomo-lhe a mão com firmeza. Arisca como um cavalo chucro, ela se solta com um puxão. Depois se encaminha para a sorveteria sem olhar para o lado, como se eu não estivesse ali, como se eu não fosse ninguém.

Pede duas bolas, creme e chocolate. Espigada ao pé do balcão, espera a balconista servi-la, enquanto eu cuido do pagamento. Em seguida, sem largá-la de vista, sento-me à mesa onde estive há pouco com Simone. À porta, Nina lambe o sorvete com visível satisfação. Aponto uma cadeira ao meu lado e lhe digo, com uma autoridade não pretendida: Sente-se! Após um segundo de hesitação, ela me obedece. Arruma-se na cadeira e, em tom desdenhoso, solta: Você vai contar à minha avó sobre os cavalinhos de goma. Não é uma pergunta; é uma afirmação. Sacudo a cabeça: Não, Nina, não vou contar; só quero conversar um pouco com você. Ela empina o queixo, sem dissimular o desprezo: Ah!, eu acredito. Observo-a demorada e indisfarçadamente — os olhos, o rosto provocativo, a boca de lábios insolentes, que me fazem lembrar a bela *Therese* de Balthus. Concentrada no sorvete, ela não parece se importar comigo. Tudo bem?, pergunto, e ela: Aham. Vou em frente: Você tem cabelos lindos! Ela esboça um sorriso: Minha avó diz que são da cor de chá de capim-santo. Aproveito a repentina suavidade para esticar a conversa: Sabe, Nina, quando eu era criança, mais ou menos da sua idade, essa sorveteria já existia, chamava-se Iglu; sentávamos às mesinhas de ferro com tampo de mármore, e os sorvetes eram servidos em taças altas de vidro ou metal. Nina olha fixamente para a rua; faz de conta que não me ouve. Eu não desisto: Veja, logo ali, onde agora há um ponto de mototáxis, ficava a barraquinha de dona Nachite, que vendia beijus; já experimentou beiju com coco? Ela nega com um meneio de cabeça, os olhos distantes dos meus. Pouco se lhe dá que eu me cale ou continue falando, que eu fique onde estou ou me levante e vá embora; sequer se mostra agradecida pelo sorvete tomado a gosto.

Quando penso que daria um braço por seus pensamentos, Nina interrompe os meus: Posso ir agora? Não, respondo de forma assertiva. Suponho que não me atenderá; o que a obrigaria? Preciso retê-la de alguma forma, provocá-la, fazê-la falar. Como as meias palavras não funcionam com ela, assumo seu estilo direto: Por que gasta tanto tempo a bater pernas pelas ruas? A esta hora não deveria estar na escola? Não responde de imediato. Enfrenta-me, os olhos empedrados, os cantos da boca arriados de ressentimento. Repiso: Pode me dizer por quê? Conta-me que abandonou a escola, o prefeito desviou a merenda escolar, não tem mais o que ver lá. Inspiro profundamente e continuo: Não gostaria de chegar à universidade, graduar-se, ter um bom emprego, viver melhor? Ela desfere a patada:

Minha mãe e minha avó estudaram a vida toda e não deram para nada; minha mãe só aprendeu a se vender para os homens ricos da cidade, e a minha avó, coitada, faz as unhas das madames para ganhar uma mixaria; por que devo ir para a droga da escola? Desvio o olhar. Para disfarçar a desordem dos meus sentimentos, acendo mais um cigarro. Penso duas vezes antes de abrir a boca novamente: Você me diz que não passa fome; então, por que anda por aí a furtar? Para de mordiscar a borda da casquinha e abaixa a cabeça. Peguei-a. Não, eu me engano. Endireita-se na cadeira e desfecha: Porque não tenho nada; se eu tivesse, seriam os outros a furtar de mim.

Suspiro. A menina é tinhosa, não deixa nada por menos, a insolência opiniosa sempre à ponta da língua. Para ganhar tempo e me livrar do desconforto, ofereço-lhe outro sorvete. Sem pestanejar, ela salta da cadeira e se encaminha para o balcão. Volta com mais uma casquinha, de sabores idênticos aos anteriores, e torna a se sentar. Ataca o sorvete em lambidas demoradas, o olhar disperso. Desloco a conversa para os alimentos que deixei em sua casa. Num muxoxo, ela reclama: Os morta-fome lá de casa comeram tudo; o presente era para mim, e eu mal pude experimentar o bolo de que mais gosto. Arrisco: Sua avó gostou do presente? Os olhos de Nina se estreitam em cisma: De onde você conhece a minha avó? Digo-lhe que não estou certa, talvez ela seja uma amiga do passado, e pergunto: Como sua avó se chama? Responde sem hesitação: Maria da Conceição.

O sangue me martela os ouvidos; a sensação é a de que todos em volta ouvem os estampidos do meu coração. Evidentemente, não estou surpresa; vi a fotografia. Todavia, o nome de Concita, confirmado pela menina como Maria da Conceição — como ela detestava o próprio nome! —, reforça em mim a impressão de que a vida me prega uma peça. Para disfarçar a agitação, ergo-me, dirijo-me ao balcão, peço uma água sem gás. A balconista me pergunta se estou me sentindo mal. Faço um sinal negativo com a cabeça, mas ela não se dá por vencida: A senhora está pálida. Atarantada, sorrio: É o calor.

Ponho a garrafa e os copos sobre a mesa e me sirvo. Nina bebe o restante da água no gargalo da garrafa, e a sacode sobre a mesa em um gesto provocativo: E aí, dona, conhece ou não conhece minha avó? Murmuro: Sim, conheço sua avó; Concita, como eu a chamava, foi minha amiga de infância, a minha melhor amiga, a única amiga. Nina não se surpreende com a revelação. Levanta-se num supetão, aproxima-se de mim e diz: Ah!, então, você deve ser a tal Ramona. Sim, respondo, sou eu mesma; sua avó lhe falou sobre mim? Sem me dar resposta, Nina precipita-se perigosamente sobre a via, desviando-se dos carros, e some entre as bancas dos camelôs da calçada oposta.

Tonho Mefisto tem diante dos olhos a minha *Festa de São João*. Há dois dias espero que me conceda uma palavra sobre as qualidades e imperfeições do desenho, mas ele se limita a afirmar que a apreensão da alma do fogo não é tarefa fácil: Acha que consegue arranjar isso numa tela, com tinta e pincel? Não sei, respondo-lhe com honestidade, não consigo sequer trabalhar com a aquarela. Empurra-me para o cavalete: Não há mistério; veja, a tinta é como a vida; assim como as nossas ações em dias que ficaram para trás, não é possível apagar o que pintamos; podemos retocar a pintura enquanto trabalhamos nela, depois que a tinta endurece, não mais. Por que não experimenta?

Minhas mãos tremem diante da tela limpa. Tomo um grafite encontrado sobre a bancada. Sentado ao fundo da sala, hoje Tonho é meu assistente. Aos poucos, vejo nascer a cigana diante da fogueira. Desenho-a de costas para mim, mais pela dificuldade em retratar rostos do que pelo fato de a vida da Avó me ser uma incógnita. Visto-a com uma saia longa, amarro-lhe um lenço à cabeça, adorno seus braços com pulseiras e braceletes e escondo as mãos à frente do corpo — as mãos são tão difíceis de serem retratadas quanto um rosto. Conheço minhas deficiências; somente serei uma pintora de verdade no dia em que eu conseguir reproduzir as abas do nariz, a profundeza líquida dos olhos, os lóbulos, as cartilagens e singulares reentrâncias das orelhas.

Então, tomo a paleta e o pincel. Espremo a bisnaga de tom marrom sobre o fundo do céu; por cima, esfumo o magenta. Em seguida, arrumo as achas de lenha em tons castanhos-avermelhados, distorço as formas das labaredas em laranja — mais escuro nas extremidades —, cônicas, afuniladas, ovaladas, e as preencho com um tanto de amarelo-claro; espicho-as, espalho-as para os lados, faço com que se retorçam e bailem. Posso representá-las como quiser — assimilei com Tonho essa liberdade. Ao me afastar da tela e observar a fogueira, tenho a impressão de haver pintado pequenos demônios dançantes. Fecho os olhos e, por um instante, posso sentir o crepitar do fogo, o cheiro das volutas de fumaça. Por último, visto a cigana com cores. A saia, em estampas amarelo-mel, rosa-choque e azul; a blusa, caída sobre um dos ombros, num tom de azul mais quente. O lenço encarnado esconde parcialmente os caracóis dos cabelos.

Impossível me esquecer da presença de Tonho. Às vezes, fala com ele mesmo — algo sobre as labaredas serem imprevisíveis como os homens, impermanentes como a vida. Embora não interfira, todo tempo posso ouvir atrás de mim o seu hum-hum, que me soa aprovativo. Enquanto o meu primeiro trabalho em óleo, *Carmela, a cigana*, vai se firmando sobre a tela, tenho a sensação de que posso descansar a mão sobre as costas mornas da mulher, recostar-me nela, deitar meu coração sobre sua vida.

Tonho se aproxima e se afasta outra vez; avalia *Carmela* de perspectivas diferentes. Ajusta os olhos sobre a tela, aperta-os em pose de míope. Digo a Tonho que não me sinto segura de haver terminado o meu primeiro óleo. Ele me toma o pincel e a paleta e passa a retocar a pintura aqui e ali. Levo um susto ao ouvi-lo: Esta é a sua avó, Ramona? Confirmo, o coração no maior alvoroço: Você a conheceu, Tonho? Sim, claro, ele responde. Pergunto mais: Como ela era? Por instantes, Tonho cerra os olhos, e eu tenho a impressão de que não falará. Ao abri-los, porém, conta-me que Carmela foi a moça mais bonita que já viveu em Nossa Senhora das Pedras, uma ninfa do Peloponeso: Andava por aí, livre e pura como uma borboleta, a saia comprida e rodada a esvoaçar entre as pernas morenas, os cabelos indomados, e os olhos de floresta faziam parar as pessoas nas ruas.

Penso nas fotografias em preto e branco que revestem as paredes do corredor de casa e desmentem a Carmela descrita por Tonho; lá tenho uma mulher como outra qualquer, em saias a lhe cobrir os joelhos, blusas rendadas a lhe ocultar o colo, cabelos contidos em coques, lábios amarrados, olhos baços. Pergunto-me qual a verdadeira, e confesso a Tonho a angústia de desconhecer essa avó; tudo que sei se resume ao quadro pintado por ela — a Virgem, a cigana, a pedra. Tonho pisca, abertamente aturdido: Uma pintura? Confirmo com um sinal de cabeça. Nunca soube que ela pintava?, pergunto. Ele nega com veemência. Digo-lhe que o quadro está lá, na sala de casa, e que posso sentir a dor que há ali cada vez que os meus olhos caem sobre a imagem da mulher cigana. Encara-me com surpresa, dá-me as costas, amarrota as mãos. Sabe o que eu não sei. E então, o que tem a me dizer sobre ela?, insisto. Ele escapole, vai até a cozinha pegar água. De lá, grita: Seu avô e suas tias não lhe contaram?

Coração de joelhos, olhos em súplica, persigo Tonho pelos cômodos da casa. Resiste em me pôr a par de uma história que não lhe pertence, que não lhe diz respeito. Recusa-me a graça da clareza. E, num ímpeto, manda-me embora, empurra-me em direção à saída: Vá, Ramona, vá agora, suas tias e seu Avô lhe contarão; você tem todo direito de saber. Enxota-me, bate o portão em minhas costas, afasta-se. Um nevoeiro de lágrimas me turva os olhos,

o mundo incerto como a pintura da Avó, inconsistente como a história dela. Pregada à calçada da casa, levo um tempo para me reconciliar comigo mesma. Depois, tomo o caminho de casa; o caminho para a história de Carmela.

O Avô e tia Anunciada não se encontram em casa. Interrogo tia Concebida de forma direta. Ela se desculpa; argumenta que nunca me mostrei interessada na vida de Carmela, o que é uma mentira deslavada, considerando as vezes em que eu a questionei. Alega que a história está sepultada, assim como a própria Carmela: Que Deus a tenha. Digo-lhe que conheço a origem cigana da Avó, a verdade desde sempre aí, às vistas, no quadro pintado por ela. Acrescento que não a deixarei em paz até saber o que de fato aconteceu, o porquê do silêncio, das evasivas, inverdades e meias verdades. Tia Concebida lacrimeja: Seu Avô não vai me perdoar; eu e Anunciada prometemos a ele que jamais lhe contaríamos. Por que ele não quer que eu saiba?, pergunto, e ela: Graça quer poupá-la de uma história triste, Ramona. Não acredito nisso, digo, não sou mais uma criança, e repito as palavras de Tonho, tenho todo direito de saber. Tia Concebida acaba por se dobrar, não sem antes me fazer jurar sobre uma Bíblia que nunca darei ao Avô motivos para ele pensar que sei o que ainda não sei.

Ouço o relato de tia Concebida como se estivesse na plateia do cinema, assistindo a um filme que, a princípio, tem tudo para ser um conto de fadas: o reino mágico dos ciganos, o amor e os obstáculos à sua realização, a festa de casamento, que deveria fechar a história com os dizeres "felizes para sempre". Ao final, porém, descubro que a Avó, embora possuísse a formosura das fadas, não era imortal nem dona de poderes capazes de libertá-la das garras obstinadas do ogro. Ao final, descubro que a história é um conto de horror.

Carmela tinha apenas quinze anos, quando Graciliano, doze anos mais velho, apaixonou-se por ela. Viu-a primeiro em um sábado de feira, na companhia de outras ciganas que mendigavam mãos para a leitura da sorte. Na semana seguinte, num acaso que alguns chamariam de destino, a mãe de Carmela postou-se no banco da praça em frente à Vila Donária, enquanto a menina e os irmãos menores brincavam por perto. Graciliano avistou-os do terraço de casa. Em instantes, colocou-se ao lado da cigana e cedeu-lhe a mão. Com os olhos assentados na linha da vida do homem, a cigana falou sobre coisas que não o interessaram minimamente: uma vida próspera e longeva, um casamento com uma jovem linda e bem-educada, três filhos contados na lateral do dedo mínimo. Ao final, ele agradeceu e passou às mãos da mulher um maço de cruzeiros. Senhor, ela disse, o semblante tomado de estupor, está enganado, a leitura não vale isso, deu-me muito. Ele confirmou a quantia, sorriu e retornou para casa. De lá, acenou, e sorriu mais uma vez. Assim, deu início à relação de confiança que o faria se aproximar de Carmela, a cigana virgem e semianalfabeta, cativa de uma sorte jamais sonhada para si.

Em algum momento, Graciliano começou a visitar o acampamento dos ciganos com certa frequência, ocasiões em que conversava demoradamente com o pai de Carmela. A princípio, à sombra da descrença deste; depois, com evidências crescentes de que o homem afrouxava. A cada dia mais esperançoso, chamou-o a conhecer a Micaela. O cigano aceitou o convite, e voltou de lá com a melhor das impressões. Em casa, tendo confidenciado às irmãs a empreitada amorosa em que se aplicava, a boca de Graciliano só se abria para uma palavra: Carmela, Carmela, Carmela. A menina continuava a circular pelas calçadas da cidade, inocente dos propósitos do homem, que buscava seduzi-la com bombons e palavras gentis, sob o olhar perplexo da mãe, que, àquela altura, já reparara no assédio matreiro do moço.

No fim das contas, apesar da resistência de grande parte dos ciganos, o pai de Carmela, senhor e dessenhor do destino da filha, decidiu confiar o seu tesouro a Graciliano. O fato estarreceu a cidade, em particular a comunidade cigana — não era permitido o casamento de ciganas com Gadjôs; quando muito, o casamento de ciganos com moças de fora; a regra tinha a finalidade de evitar a desoneração da linhagem.

Por considerar desonroso juntar-se à cigana sem o assentimento do tabelião, Graciliano cuidou em providenciar a certidão de nascimento da menina para o casamento civil. Logo se deu a prévia negociação do dote, que deveria corresponder ao despendido com a menina até então, não somente com alimentação e vestuário, mas também com as doenças, os riscos do mundo, as inquietações próprias dos pais. Graciliano comprometeu-se ainda a arcar com as despesas da cerimônia — decoração, bebida, comida, e até com o feitio do vestido da noiva. Anunciada rejeitou a tarefa com firmeza, e se negou também a participar das cerimônias religiosa e tribal; fechada em copas, mal respondia às perguntas do futuro noivo, que não se fazia de rogado, feliz demais para atentar em qualquer outra coisa que não fosse a grandeza do seu sentimento. Apreensiva com o propósito do irmão, Anunciada declarava a quem quisesse ouvir: Ciganos não passam de estradeiros selvagens e feiticeiros; nunca, nunquinha, esse casamento vai dar certo.

Concebida acompanhou o irmão nas duas cerimônias. O ritual cigano ocorreu sob as vistas de familiares da noiva e padrinhos. Graciliano entregou ao pai de Carmela algumas moedas antigas, encontradas no cofre da família; deveriam ser de ouro, mas, na falta do metal, aquelas serviam, afinal se tratava de um rito simbólico. O dote fora previamente ajustado e embolsado pelo pai da noiva. Após as bênçãos do padre Lauro na igreja matriz, tornaram ao acampamento. Depois de se fechar em uma das tendas com a mãe e as tias, Carmela ressurgiu em um vestido escarlate de muitos babados e saias sobrepostas, o busto bordado em minúsculos favos dourados; adereços douravam-lhe os braços e dedos das mãos, e um lenço ricamente ornado com moedas cingia-lhe a cabeça.

Os ciganos e convidados se arranjaram em uma roda para a primeira das danças. Um pouco mais jovem que o pai da noiva, o padrinho vestia-se com espalhafato, além de caminhar com um certo esforço, o que não conseguiu obscurecer o brilho da afilhada. Com a graça e a leveza que lhe eram próprias, Carmela começou movendo os braços e as mãos, pausada, sinuosa e ritmadamente. À medida, porém, que a rabeca e a sanfona se aligeiravam e cresciam de tom, passou a se arquear para frente e para trás, a sacudir-se e a empinar o busto, e quando os andamentos da música se inflamaram mais e mais, volteou como um pião, as mil saias do vestido a girar alucinadamente em torno do corpo.

A dança dos noivos foi ensaiada com antecedência; uma parente de Carmela dispôs-se a praticar com Graciliano — custa-me imaginar o Avô nessa exibição de passos ciganos, embora tia Concebida me garanta que ele fez bonito ao enfrentar a plateia, os braços em arco, os pés nas batidas ritmadas, rodeios e piruetas, cabriolas e trejeitos.

Ao final, o pai de Carmela aproximou-se dos noivos com o punhal e o lenço branco. Era chegado o momento mais alto da cerimônia: a comunhão dos sangues. O padrinho cortou de leve os pulsos dos noivos e os amarrou pelos punhos. Logo o lenço tingiu-se de encarnado, e o acampamento se cobriu de aplausos, risos e urros festivos. Varada por uma inquietação que lhe roubava o ar, Concebida se perguntava como os presentes e, especialmente, Graciliano conseguiam demonstrar alegria com aquela névoa a velar o olhar de Carmela, seus lábios travados em um selo de amargura.

Após as danças, as pessoas se dispersaram para o desfrute das iguarias: quilos e quilos de carne, do filé à picanha de boi; fígado, sangue, coração e bofe de cabrito na mistura do sarapatel; ensopados de rabos, mocotós e línguas de vaca; linguiça de porco e arroz carreteiro. Os litros de cachaça, vinho e cerveja passavam de mão em mão, ao mesmo tempo que Carmela seguia em gingas e meneios com os seus — jovens, velhos e velhíssimos —, sob o olhar cobiçoso do homem que agora era seu marido.

Os ciganos deixaram Nossa Senhora das Pedras alguns dias após o casamento; da Micaela, levaram dois cavalos, uma vaca de leite e três carneiros cevados. Graciliano os brindou ainda com provisões para um bom tempo — feijão, milho, farinha, café, peças de carne encapadas em sal. Voltaram um ano depois, e nos anos seguintes, ocasiões em que ele tratava de recompensá-los de alguma forma pela perda de Carmela.

Ano a ano, Carmela conduzia o pequeno Ramon ao acampamento em visita aos parentes, e os dois lá ficavam, da manhã ao anoitecer, folgados como animais em pasto gordo. Chegada a hora do adeus, uma invernada lhe ensopava os campos dos olhos, para o desespero de Graciliano, que não lhe consentia as lágrimas: Por que está chorando, Carmela, se aqui, comigo, você tem tudo que precisa? Anunciada grunhia: Deixe a menina voltar para o povo dela, Graça; não vê como ela definha de tristeza? Ele fazia ouvido de mercador; devolver Carmela aos ciganos era o mesmo que morrer em vida.

Houve o dia em que o povo de Carmela não mais retornou. Pessoas que vinham de fora afirmavam ter ouvido dizer que a tribo fora dizimada por uma febre. Irresignada, Carmela esperou, esperou mais, e esperou ainda. Todas as manhãs, ia passear com o filho pelos arredores da cidade. Enquanto Ramon se espojava na terra do antigo acampamento, ela espichava os olhos para a estrada, e indagava a quem entrava na cidade por ali: Encontrou Calons pelo caminho? A cada negativa, um tanto de confiança se enterrava no deserto do seu coração.

Arredia desde o primeiro dia na Vila Donária, e agora por inteiro desenganada, Carmela acabou por se retirar de uma vez por todas para dentro dela mesma. Gastava os dias espichada sobre a cama, alheia ao que se passava em casa, esquecida do filho, agora cuidado pelas cunhadas. Após confiar Carmela aos cuidados de doutor Humberto, e esses resultarem em nada, Graciliano trouxe da capital profissionais especialmente recomendados para tratar aquele tipo de enfermidade sem nome. Empenhados em curar a mulher da apatia que a pregava à cama, os médicos fizeram o que estava ao alcance deles. Em algum momento, esgotada de cuspir as medicações que lhe metiam pela boca e de contemplar o território árido e insustentável que era a sua alma, Carmela desistiu da vida.

A porta e a janela da casa estão fechadas. Alguém canta nas proximidades. De imediato, reconheço o timbre afinado, acompanhado de um escoar de água e de uma pancada seca e regular. Bato suavemente à porta. Lamuriosa, a voz me traz os versos de uma canção antiga: *Eu hoje estou tão triste, eu precisava tanto conversar com Deus, falar dos meus problemas, também lhe confessar tantos segredos meus...* Bato novamente, mais forte. Por último, esmurro a porta, três golpes que fazem a madeira vibrar. Uma vizinha põe a cabeça para fora da janela e aponta para o espaço atrás da casa.

Encostada a um tanque de lavar roupas, ao perceber minha presença, a mulher descarnada solta a peça de roupa no interior do tanque e enxuga as mãos no vestido. Levo um minuto para identificar Concita — a pele colada aos ossos, os olhos afundados no rosto lavrado de rugas. Sorrio; ela sorri também. Corro a abraçá-la, e ela dá um pulo para trás: Não, Ramona, estou suja e toda molhada. Aproximo-me com acanho, embora dentro de mim o coração salte alto na alegria de chamá-la: Concita, Concita, Concita. Ela se encaminha para a porta de trás da casa, e, fazendo um trejeito de reverência para me deixar passar, diz: Entre, Ramona, você já esteve aqui antes, sabe como vivo.

Acomodo-me numa das cadeiras de plástico entre o fogão e a mesa, enquanto ela desaparece por outra porta. Espero-a em silêncio, uma fina compressão no peito. Alguns minutos depois, surge vestida numa bermuda jeans, as alças do sutiã aparentes sob a camiseta regata, os cabelos presos num rabo de cavalo prateado. Caminha diretamente para o armário sobre a pia: Vou passar um café, aceita? Sim, um cafezinho vai bem, respondo em um tom vibrante e, no mesmo instante, sinto a voz me soar falsa e ansiosa, como se eu a tivesse tomado de empréstimo a algum representante de vendas. Concita me pede para que eu mude de lugar; não consegue usar o fogão comigo sentada aqui. Por um segundo, parece-me irritada. Transfiro-me para a cadeira ao lado. Ela coloca uma panela com água sobre uma das bocas do fogão. Agora lava ligeiramente o paninho de coar café — lembro-me das baratas louras sobre os restos de alimento nos pratos, e um arrepio de náusea me sobe pelo estômago.

Tudo bem com você, Concita?, pergunto. De costas, ela responde secamente: Sim, tudo bem. O silêncio avoluma-se entre nós como um tumor funesto. Afundo num pântano de angústia. Para onde foram as palavras acumuladas para ela durante anos? Afirmo: Nina me disse que você é manicure, e ela: É o que sei fazer, não fui esperta para aprender mais do que isso. E você, Ramona, o que faz da vida? Meu coração se espreme de encontro às costelas. Sou pintora, digo. Ela recomeça, áspera: Ah!, isso eu já sei; as redes sociais da internet estão aí para isso, para nos contar das aparências, das vidas mentirosas das pessoas. Quero saber o que realmente importa para você; pode me contar, Ramona? Remexo-me na cadeira. Começamos mal, assim como da primeira vez em que a vi, e tenho a sensação de que me toma outra vez o caderno de desenhos, que o abana acima da cabeça, sem que eu consiga recuperá-lo. Preciso me posicionar, deixar claro que não sou mais a menina que ela manipulava: Você bem sabe que a pintura sempre foi para mim a coisa mais valiosa. Neste momento, ela se volta para pôr o pó de café no paninho ajustado sobre uma caneca, e diz, a impaciência a lhe cortar a fala: Estou falando de amor, Ramona, amor!, sabe o que é isso?

Desabo numa funda escura; o ar me passa rente ao nariz sem que eu consiga inspirá-lo. E a pintura não seria uma forma de amor?, balbucio. Ela desata a rir: Ah, Ramona!, não se faça de ingênua! Calo-me, perplexa não exatamente com as palavras ouvidas, mas com a entonação desesperada. Ela aproveita a minha perturbação e avança: Estou falando de homens, querida, homens! O que fez com eles nesses últimos trinta anos, pintou-os?

A raiva me embrulha o estômago feito comida estragada. Não quero perder a cabeça; esperei muito por este momento. Tenho o impulso de lhe dar uma resposta honesta, mas desisto, e desconverso: Onde está Nina? — gostaria que ela me encontrasse em conversa com a avó; talvez isso a amansasse, a fizesse me enxergar com outros olhos. Concita esboça um gesto de desalento com a cabeça. Atrevo-me: Por que vocês a deixam flanar por aí, quando deveria estar na escola? Empurra a caneca com o café em minha direção e se ergue para pegar um açucareiro no armário. Não uso açúcar no café, digo, e sorvo um gole que me abrasa a língua. Ela volta a se sentar; olha de forma fixa para algum ponto acima da minha cabeça. Não sei mais o que dizer nem como me comportar, e estou para tomar de volta o rumo de casa, quando ela solta mais uma: E aí, Ramona, a pintura tornou-a famosa? Aliviada em ouvi-la, eu respondo: Não, francamente, não, e acho bom que seja assim, a fama não legitima o talento de um artista; na verdade, surge com a exposição da sua imagem, algo que não me faz bem. A exibição me constrange.

Penso no desassossego que me provocaram os meus *Cavalos de sonho*, minha primeira exposição individual, com as entrevistas concedidas a jornais, rádios e televisão. As palavras, tão banais, não expressavam a minha verdade, não diziam a complexidade da minha arte, um processo quase impossível de ser elaborado por mim mesma; como iluminar o mistério da abstração, da subjetividade? Aquela diante de um gravador ou de uma câmera não era eu, e sim, uma personagem forjada para agradar aos leitores, ouvintes, telespectadores. Desejava mesmo falar das águas da Micaela, da luz refletida nos lajedos e nas frondes das ingazeiras, das florezinhas cor de beterraba no campo próximo à caixa d'água, da Avó cigana e da sua *Oferenda*, das cores de Tonho Mefisto e da crueza das suas pinceladas. Minha pintura tecia-se justamente daquela infância provinciana, sem estudos teóricos nem professores renomados. Contudo, jovem e desconhecida, receava ser menosprezada se revelasse quem era a real criadora dos *Cavalos de sonho*: a mulher simples, desprovida de mistérios, chegada ao grande centro com uma mala sortida tão somente de sonhos e fantasmas; uma artista do instinto, sem sublimidades nem epifanias.

A série, vinte óleos do início dos anos noventa — vagas de cavalos num tom amarelo pastel galopam em um fundo róseo esbatido, quase translúcido, e se fundem à neblina de uma luz perolada, vaporosos nas patas arqueadas, nos cascos de plumas oníricas, dorsos e flancos em requebros de tules, numa suavidade de bailarinas de Degas —, trouxe-me o reconhecimento por parte de críticos e do público, projetou-me no universo dos artistas de reputação induvidosa, e as vendas dos meus trabalhos deslancharam. Desconfiada do valor da minha arte, abismava-me ao ouvir os comentários de pessoas que eu respeitava. Tomás me dizia ter a sensação de ouvir os resfôlegos dos meus cavalos; a mãe dele, uma colecionadora de obras de arte, comparou-os a campos de trigo no verão ucraniano; o companheiro de Tomás à época, um artista plástico de renome, comoveu-me ao fazer um paralelo entre os meus cavalos e a pintura de Turner, *Chuva, vapor e velocidade*.

Ao final daquele ano, não estou certa se em 1991 ou 1992, fui agraciada com o prêmio de artista revelação, concedido pela associação nacional de artistas plásticos. Ao recebê-lo, senti-me uma espécie de impostora feliz; não era possível que aquelas formas ambíguas significassem algo para os apreciadores da verdadeira Arte. Como podia aceitar estar ali, diante de uma assistência de artistas que eu julgava em muito superiores a mim?

O êxito imprevisto da série, chamada de *Estética da vertigem* numa crítica publicada em um jornal de circulação nacional, fez com que Tomás assumisse um novo projeto, um livro com as reproduções das minhas pinturas; para cada *Cavalo*, um texto autoral, impressões sobre o meu pequeno grande mundo. Logo, o que se pretendia visual acabou por ganhar um outro formato. Até então, não me sentia capacitada a me exprimir pela escrita — fui uma aluna relapsa, com limitações em quase todas as matérias, inclusive naquelas que demandam construções textuais.

Concita pigarreia, alisa o plástico da toalha, examina-me pelos cantos dos olhos. Intuo logo que se prepara para me ofender novamente. Estou certa. Num tom debochado, ela assenta: Então, você prefere ser uma anônima, uma artista obscura? É isso mesmo, Ramona?

Fico em silêncio. Acho improvável que não tenha alcançado o que falei. Ah, Ramona, ela prossegue, eu não posso com você! Desde menina, essa falsa modéstia, essa mania irritante de se diminuir para que a reconheçam grande. Pestanejo, os olhos úmidos, e o rosto à frente me escapole num borrão. Sabia que não seria fácil, mas não tão espinhoso assim. Concita mostra-se inequivocamente disposta a me agredir; isso me desnorteia, atropela-me o sonho de recuperar o irrecuperável. O tempo não perdoa, a vida não perdoa; o que Concita não perdoa em mim? Deveria deixá-la agora, erguer-me e sair sem mais palavras, mas algo me retém, como se uma parte de mim, abrigada numa redoma de esperança, permanecesse inatingida.

Ela se levanta, abre outra vez a porta do armário, vasculha lá dentro: Se soubesse que você viria, teria comprado alguma coisa para lhe oferecer, uns biscoitos, uma fatia de bolo; aqui em casa as coisas não demoram a acabar, somos muitas bocas. A declaração de Concita abranda o tom exasperado da conversa, e eu relaxo: Não se preocupe, não costumo comer fora dos horários das refeições, estou satisfeita com o café, e exibo o sorriso possível. Para não me extraviar da linha mais suave que agora conduz nossas falas, relembro o bolo de caco preparado por dona Pura: Você se recorda? Ela fazia a melhor bruaca que já comi em minha vida. Concita suspira: Mamãe tinha o dom de tornar o nada em um tudo delicioso, o feijão verde com charque, a farofa de ovo e cebola, o caldinho de traíra; lamento não ter herdado os dotes culinários dela. Quantos vivem aqui com você?, indago. Murmura nomes, conta nos dedos, arremata: Somos sete — dois filhos, uma nora, três netos. Tenho o impulso de me virar para as duas portas dos diminutos vãos atrás de mim; pergunto-me de que forma Concita e a família se ajeitam lá dentro para dormir.

Procuro saber ainda se os adultos estão empregados. Ela me conta sobre o filho, servente de pedreiro insatisfeito, e entroncha a boca ao confessar: Um gabola; acha-se grande demais para lidar com tijolos e cimento. A filha mais nova largou o marido e voltou para a casa da mãe com dois pequenos; não sabe fazer nada nem pretende aprender.

Concita volta a se sentar. Agora acaricia o braço, observa-o com exagerada atenção, como se visse ali um machucado ou uma deformidade. Tem cigarros?, pergunta. Abro a bolsa, pendurada no encosto da cadeira, e lhe entrego o maço e o isqueiro. Acendemos nossos cigarros e sopramos a fumaça uma sobre a outra. Ela traga com avidez, a brasa a flamejar na ponta — será que todos os fumantes se revelam quando fumam? Aproveito a trégua para lhe perguntar sobre a mãe de Nina. Concita estala a língua: Foi-se embora, a vagabunda; como o teu pai, Ramona, como o meu, perdeu-se por aí, nas brenhas do mundo, e me deixou a menina, que vai pelo mesmo caminho, ninguém pode com Nina, ninguém! Eu a interrompo: Nina é uma cópia fiel sua, a mesma vivacidade, perspicácia, insubmissão; a primeira vez que a vi, enxerguei logo você na menina. Ela pega uma xícara na bancada da pia e a põe no centro da mesa; bate o cigarro na borda com gestos frenéticos — as unhas malcuidadas, o esmalte de cor lilás descascado aqui e ali. Distraio-me, e as cinzas emporcalham a toalha. Peço desculpas e um pano úmido para reparar a sujeira. Ela sacode a mão: Deixe isso aí, Ramona! Cuido em empurrar as cinzas para um canto da mesa. Neste instante me vem à mente o cinzeiro que um dia ela furtou do magazine: Você se lembra do cinzeiro, aquele de alumínio, que engolia as bitucas quando a gente apertava o botão verde ao centro? Ela diz não se lembrar. Mente; não pode ter se esquecido. Depois do sutiã com que me presenteou, o cinzeiro foi o objeto mais precioso afanado por ela. Por que nega? Talvez esteja imbuída do propósito de me contrariar.

O silêncio rebenta outra vez, desagradável como se fôssemos estranhas uma à outra. Sobressalto-me ao ouvi-la: Você tem filhos, Ramona? Não, respondo, e logo passo a me justificar, como se a minha escolha pelo não exercício da maternidade fosse um delito ou algum desvio de caráter — percebo em mim o desejo de agradá-la, a necessidade íntima de lhe dar satisfação dos meus atos e das minhas escolhas; a mesma conduta de quando éramos adolescentes. Ela sorri debilmente, como se eu a cansasse com a minha história. No instante seguinte, atinge-me com a flecha da língua: Soube que você se casou com um gay, isso é verdade? O rastilho da raiva se alastra por dentro de mim e me queima a voz: Tomás não é meu marido, é meu melhor amigo e sócio na galeria; temos afinidades, estamos quase sempre juntos. Ela não perde a piada: Amigo, é? Ramona, Ramona, isso me cheira à perversão, e explode numa gargalhada, o mesmo riso de queda d'água que me fazia invejar nela a firmeza despachada, a graça da espontaneidade. Agora, uma Concita mal senhora de si e da própria vida. Vislumbro os escuros na boca, a ausência de molares, e, por trás do riso, os contornos de uma fúria desgovernada. Do que ri?, pergunto. Afetada pela mágoa, minha voz soa aguda demais. Ela para de sorrir e sacode os ombros. Solta os cabelos e os arranja atrás das conchas das orelhas; os fiapos oleosos de uma antiga franja lhe caem sobre as covas das faces.

Abaixa um pouco a cabeça, esfrega o dedo indicador em um fanico de pão sobre a toalha. Esta imagem me enternece — poderia pintá-la —, e eu murmuro: Concita? Estendo os braços sobre a mesa, as mãos espalmadas para que ela as tome. Não se move. Obstino-me: Sou eu, Ramona; não sente saudades? Por um segundo ela me olha com entendimento, mas de imediato se retrai e volta a abaixar a cabeça. Mal recolho os braços, ainda estupefata com a rejeição, ela dardeja, os olhos acesos num lampejo de rancor: Para que serve o passado, Ramona? Olhar para trás é morrer mais um pouco, e eu já morri o bastante. Ergo-me. Cruzamos a linha do irremediável. A caminho da porta de saída, aponto para a fotografia acima do sofá: O que fez com Teo? Por que o arrancou daí? Permanece calada, os olhos emendados à toalha da mesa. Onde está Teo?, grito. Ela responde, a voz estrangulada: Está morto.

A palavra "morto" atinge-me como uma pedra atirada do céu. Desacerto de mim; onde minhas pernas se meteram? Despenco na ponta do sofá. Ela se mantém impassível, ainda na peleja com a migalha de pão. Morto, como?, volto a indagar, morto de quê? Ela entorta a boca num esgar de descaso: Bebia demais, o fígado não resistiu.

Uma chuva salgada me lanha os olhos. Encaminho-me para a porta, destranco-a, ganho a rua com pernas que não sabem aonde ir. Evito olhar para trás, mesmo que isso signifique não saber se ela está à porta, se me segue com o olhar ou se continua sentada à mesa, no enfrentamento consigo mesma e com o farelo de pão.

Estou em férias escolares. Consegui aprovação com notas razoáveis, e tia Anunciada diz que finalmente desasnei. Aguardo a hora do almoço no pátio; seco os cabelos ao sol. Pela janela aberta, ouço a conversa das tias, abafada pelo pedalo da máquina de costura. Abeiro-me da janela, afino os ouvidos; receio que falem de mim. E se alguém tiver lhes contado sobre mim e Teo? Estremeço ao pensar nessa possibilidade. Não sei se o Avô me condenaria e me proibiria de encontrá-lo. Nesse instante, tia Anunciada retira os pés dos pedais, e eu ouço o nome do Avô. Há medo na fala de tia Concebida: Você ouviu o que Assis falou? Há dias Graça não bota os pés na Micaela; por onde ele andará? Tia Anunciada confessa que tem um mau presságio, teme por ele, sempre tão cabeçudo, encegueirado em algo que ela fareja bem ali na beirada do peito. E reprova a presença de doutor Humberto em nossa casa: Não vem aqui jogar gamão coisa nenhuma; vem, sim, para desarrumar a cabeça de Graça; o coração não me engana, os dois andam conspirando alguma coisa, por certo se esquecem de que os militares têm olhos e ouvidos por toda parte. Tia Concebida afirma não acreditar nessa hipótese, e tia Anunciada bate os pés com convicção: Não duvide do que a vida me ensinou, Concebida.

Eu não duvido; o Avô tem andado ausente demais. Nas últimas semanas ofereci-me duas a três vezes para acompanhá-lo à Micaela, e ele me dispensou sem mais; falou na precisão de ver um gado em outro sítio, nas filhas de seu Assis adoentadas, no riacho seco, seco.

Recuo para o pátio ensolarado e retomo a escovação dos cabelos; agora, com um desassossego a me surrar o coração — por que o Avô e doutor Humberto tramariam contra os militares? Como isso é possível, se o Avô tem apenas uma espingarda de caçar arribaçãs, e doutor Humberto claramente desgosta de armas? Que lugar os dois ocupam nessa conspiração imaginada pela tia Anunciada?

No meio da tarde, o Avô aparece. Rejeita o almoço e se tranca no escritório. As tias se entreolham. Nesse momento, decido o que fazer no dia seguinte. Porém, ao acordar, não mais o encontro. Tia Anunciada se alarma: Saiu sem tomar o café da manhã; o que se passa com Graça? Digo a mim mesma: Não sei, mas vou descobrir.

Acordo mais cedo do que normalmente e o aguardo na cozinha, sob o olhar investigativo de tia Concebida: Aonde vai tão cedo, Ramona? Minto: Preciso terminar a pintura de umas serras que ficam no entorno da Micaela; vou com o Avô. Nesse instante ele surge, e me informa que não vai à Micaela hoje, tem compromissos inadiáveis. Insisto: Posso lhe fazer companhia, Avô, não tenho mesmo o que fazer. Ele relanceia um olhar exasperado para tia Concebida, como se ela estivesse por trás da minha teimosia, e me manda encontrar Concita e Teo, estar com eles deve ser infinitamente mais divertido do que seguir um velho em suas andanças de trabalho. Não me dou por derrotada: Vou com o senhor assim mesmo. Ele cruza a porta para o pátio e segue em direção ao carro como se eu não existisse. Após abrir o portão, senta-se ao volante do jipe e aciona o motor. Precipito-me para a porta do passageiro, mas ele faz um gesto duro com a mão: Não, Ramona, hoje não. Meu rosto queima de frustração e vergonha. Ele dá marcha à ré, e os pneus rasgam o chão de pedregulhos.

Retorno à cozinha com um negócio ruim a me inchar no peito. Encontro tia Concebida encostada à porta; entre as mãos, uma xícara de café. Ela faz um movimento de reprovação com a cabeça: O que deu nele? Não falo nada; temo abrir a boca e estourar em lágrimas. Tia Anunciada aparece: Graça já saiu outra vez? E tia Concebida: Não consentiu que Ramona fosse com ele de jeito nenhum; você tem razão, aí tem coisa!

Vou ao encontro de Concita e conto-lhe que o Avô tem se comportado de forma esquisita; é provável que esteja a nos esconder algo. Ela sorri pelos cantos da boca: Quer apostar comigo como tem mulher por trás disso? A suspeita de Concita passa longe das cismas das tias, mas não lhe falo sobre isso. Ela continua: Seu avô é um sonso, Ramona, assim como a sua tia Concebida, que posa de santa, mas de santa não tem nada; santa do pau oco, é isso que ela é! Ofendo-me com as palavras que ela usa para falar do Avô e da tia, e me disponho a deixá-la já, mas a curiosidade me atropela o propósito: O que sabe, que eu ignoro? Ela revira os olhos, morde os lábios, desata: Do seu avô, não sei nada. Faço-a jurar pela alma do irmãozinho morto, e adianto: O que sabe sobre tia Concebida? Os lábios de Concita se despregam num sorriso astucioso: Sei muito, todos sabem, a cidade inteira comenta, sua tia tem um amante. Arregalo os olhos em descrença: Um amante? Ela balança a cabeça: Sim, sim, sim. Você está mentindo, digo, por que a tia esconderia isso de nós?

Após me indagar sobre os horários das missas de tia Concebida, Concita jura que irá me provar, que eu irei ver com os meus próprios olhos. No fim da tarde, após a missa das cinco horas, ela me conduz à parte de trás da matriz e me diz para trepar em seus ombros. Reluto em fazer o que ela manda, mas acabo vencida pela curiosidade.

Pelos cobogós, vejo o interior da sacristia iluminada. Tia Concebida e o padre Lauro estão em conversa sufocada. Agora ele se desveste da batina e a pendura em um cabide no pequeno armário; em seguida, acomoda o missal e a estola na primeira gaveta da cômoda. Quando me parece pronto para deixar o local, o padre apanha a tia pela cintura e a encosta na parede. Assisto aos dois se engatarem num gesto desembaraçado, como coisa feita de forma habitual; a tia ergue a saia — a calcinha de malha rosa pálido poderia ser minha —, afasta as pernas muito brancas e roliças, e o padre afunda os dedos peludos no meio delas, ao tempo em que se esfrega ali de uma forma impossível de acreditar. Olho para baixo, sussurro para Concita: Basta!, e já me preparo para saltar dos seus ombros, quando vejo a calça do padre arriar para os pés. Tia Concebida ajoelha-se e toma na boca o pênis dele, assim como se recebesse a hóstia consagrada, o corpo de Cristo, os olhos cerrados numa devoção absoluta. O mundo oscila. Pulo e rolo sobre a terra, o coração amarrado às chamas do Inferno. Levanto-me e tento acertar Concita com as mãos e os pés. Cheia de riso, ela escapa correndo de um lado para o outro: Eu não lhe disse, Ramona? Eu não lhe disse?

Volto para casa e me escondo no quarto; evito pôr os olhos sobre a nova e impensável tia Concebida. Ela vem me chamar para o jantar, e eu viro o rosto para a parede. Ela estranha a minha atitude: O que você tem, encorujada aí, cabrita? Nada, respondo com brusquidão, e imediatamente me arrependo. Digo que tenho dor de cabeça, mas já tomei um comprimido de Melhoral. Sozinha outra vez, rumino esse amor ilegítimo, que se desvela acima da minha compreensão — onde o padre Lauro abriga a divindade tomada de empréstimo a Deus nos momentos em que toca a carne de tia Concebida, em que se deixa tocar por ela? Também penso em mim e em Teo, e me pergunto se não trago no sangue um tanto do fingimento da tia. Por que ocultamos de Concita nossos sentimentos, se ela é nossa amiga, se nos ama como nós a amamos? Por que, quando estamos juntos, evitamos falar sobre Concita, como se o nome dela fosse uma palavra ilícita ou, de alguma forma, agourenta ao nosso amor?

Na manhã seguinte, com todas essas questões a se embaralhar dentro de mim, deixo a cama logo após a saída de tia Concebida para a missa das seis. Corro à latada e me escondo sob a lona escura da carroceria do jipe, o coração montado num cavalo bravo — se me descobrir aqui, o Avô não me perdoará, e eu conto com algo mais do que sorte para que ele não atine com a minha artimanha. Arranjo-me no entendimento possível com Deus, orações atabalhoadas, mais súplicas do que orações. Imploro ainda a proteção dos anjos, e me apego ao mais poderoso deles, São Miguel Arcanjo; que ele me ponha nas mãos a sua espada de luz e me faça enxergar o encoberto, e nos traga de volta o Avô.

A espera se encomprida. O pensamento retorna à tia Concebida; revejo as cenas na sacristia, e num segundo já me imagino fazendo em Teo o mesmo que a tia fez no padre Lauro. No que a onda quente me varre o corpo, ouço o rangido do portão e o sopapo no trinco da porta. Encolho-me, e o carro se põe em movimento. Tento adivinhar por onde estamos indo. Primeiro, percorremos o calçamento da rua; ao final, viramos à esquerda, e depois à direita, para mais adiante tomar o asfalto. Alegro-me; o caminho é o da Micaela, e lá não há perigos, só a vasta natureza e a algazarra da família de seu Assis.

Deixamos o asfalto; o jipe dobra à direita, os pneus patinam sobre um terreno de seixos e catabis. Meu corpo solavanca. Agarro-me às pernas de ferro do banco para não rolar pela carroceria. Então, o carro dá um tranco, e o Avô desce. Ouço o gemido da primeira cancela; faltam duas para estarmos diante da casa de seu Assis. Porém, a segunda cancela não chega, e quando o carro trava novamente, o Avô desliga o motor. Ouço-o afastar-se em direção a não sei onde. Na escuridão da lona, aguardo, os ouvidos tomados de explosões, o coração na cadência custosa. Ao fim de alguns minutos, livro-me da lona e ergo-me na maior cautela. Não vai ser agora que vou me deixar desmascarar. Ao abrir a portinhola de trás, ouço o lapear das águas nos lajeiros e, antes mesmo de colocar os pés em terra, sei que estou na Micaela, no lado da casa abandonada. Enxergo-a ao me pôr em pé, um pouco mais abaixo de onde o jipe está estacionado — as paredes esfoladas, o mato entranhado nas frinchas das portas e das janelas, um pasto no telhado.

Acerco-me da casa. O coração corcoveia cada vez que gravetos ou folhas secas estalam sob meus pés. As aves se exibem em trinidos suaves na algaravia da manhã luminosa. Estrilos sinistros de um pássaro invisível me lanceiam o peito. Não paro de me interrogar: O que o Avô veio ver ou buscar aqui? Escuto algum ruído lá dentro e sinto o aroma de café recém passado. Resolvo espiar por trás, onde geralmente se situam as cozinhas. O pátio foi varrido recentemente; há um montinho de vegetação morta ao pé de uma árvore. Encosto o ouvido à porta e ouço uma voz feminina, aguda como a da minha mãe. Uma mulher. Bingo para Concita. Respiro aos arrancos, o ar subitamente minguado. Ao subir no batente que circunda a casa até o alpendre, meus olhos esbarram numa fresta em uma das janelas laterais. Ajeito-me na posição menos incômoda e prendo a respiração. Lá dentro, as luzes estão acesas. Distingo a moça: olhos escuros puxados, boca de risco, cabelos de menino. Sentada em um tamborete encostado a uma parede, ela o impulsiona com os pés, o faz ir para frente e para trás, e cada vez que vai para frente, segura-se à borda de uma mesinha tosca, sobre a qual repousa uma espingarda. Talvez seja a do Avô; daqui não dá para ter certeza. Não o vejo; deve estar em algum ponto à frente dela. Agora eu o ouço: Preciso removê-la daqui, não está mais segura, o cerco se fecha. A moça concorda: Faça o que for preciso. Diante de tais palavras, concluo que ela se encontra aqui de livre vontade, e não na condição de prisioneira, como cheguei a pensar há pouco, o que me parece uma contradição; como alguém pode se sujeitar a viver assim?

Em algum momento, ela pergunta se o Avô tem alguma notícia de Nestor, e ele se mantém calado. Daqui não consigo enxergar as lágrimas da moça, mas o peito dela chacoalha. O Avô surge no pedaço coberto por minha visão. Para diante dela; parece indeciso quanto a fazer ou deixar de fazer alguma coisa. Meu coração estala alto, como se estivesse a ponto de rachar. Agora segura as mãos da moça e a faz se levantar. Ela é pouquinha, como tia Anunciada costuma dizer das pessoas magras e pequenas. Ele lhe passa o lenço de tecido que costuma conduzir no bolso traseiro da calça. A moça enxuga o rosto, limpa o nariz em grandes assoadas, e devolve o lenço ao Avô, que torna a enfiá-lo no bolso. Deita o rosto no peito dele, como eu faria se sentisse medo ou desamparo — não são amantes como a tia Anunciada e o padre Lauro. No abraço silencioso e demorado que diz muito, o muito que desconheço, as mãos do Avô repousam nas costas da moça. Assusto-me ao ouvi-lo anunciar a partida: Ainda devo passar na casa de Assis; amanhã trarei o que me pediu. Fujo precipitadamente, mas a porta de trás se abre mais cedo do que eu esperava, e sou obrigada a me esconder atrás de um tronco de barriguda. Ele se posta no batente um minuto, alisa o queixo, esquadrinha o entorno. Por último, em passadas largas, encaminha-se para o jipe.

Volto para casa a pé, pela estradinha de terra margeada por uma cerca de avelóses. Feito trovão em noite de tempestade, o segredo do Avô reboa dentro de mim. Uma nuvem de urubus plana acima da minha cabeça; penso em mau agouro e cruzo os dedos. Em pouco tempo alcanço a rodovia. Sigo pelo acostamento apinhado de mato. De costas para os motoristas que se dirigem a Nossa Senhora das Pedras, ouço os carros a passar por mim num zunido entorpecente, as carretas a me abanar com uma nuvem de fumaça.

Acabo de conversar com Tomás por telefone. Informei-o que a papelada do inventário já está em ordem; vou recebê-la em breve. Provavelmente estarei de volta em alguns dias, embora continue indecisa quanto ao que fazer com a Vila Donária. Ele sugere que eu a entregue a uma imobiliária para locação, já que não tenho pretensão de me mudar para cá, tampouco coragem de colocá-la à venda. Necessito treinar o desapego; apego-me a coisas como se elas pudessem dar algum sentido à vida: fotografias embaçadas, cartas ineleгíveis, roupas imprestáveis, *souvenirs* de viagens, ingressos de shows memoráveis — Pink Floyd, Mercedes Sosa, Cesária Évora —, reproduções de pinturas nunca saídas de dentro dos cones de papelão, um horrível gorro peruano de lã de alpaca, cadernos de desenhos com os rabiscos da minha infância, o primeiro vestido costurado por tia Anunciada, uma vitrolinha azul, presente teu em algum Natal ou aniversário, discos de vinil, o sutiã furtado por Concita, seixos da Micaela, pétalas e folhas secas metidas em páginas de livros, e até um pequeno cavalo-marinho encontrado há não sei quantos anos no mangue de uma praia ainda inviolada. Tomás tem razão, não posso manter a casa fechada; uma casa precisa dos aromas de uma cozinha, de lençóis amarfanhados sobre as camas, vozes e canções a ecoar pelos quatro cantos. Uma casa carece de vida para não desmoronar.

Por me faltarem as palavras, deixei de contar a Tomás o encontro malsucedido com Concita. Não sei como lhe falar sobre a mágoa de haver me percebido uma intrusa na casa dela, todo tempo açodada pela impressão de que a minha existência a afrontava, de estar ali numa busca inútil, nossa conexão estilhaçada, a intimidade e a cumplicidade corroídas por algo que me escapa. É certo que há uma porta cerrada entre nós; ignoro, porém, a hora em que ela bateu e quem a empurrou. Esqueci-me ainda de contar a Tomás sobre o meu plano de resgatar as pinturas de Tonho Mefisto. Quero tomá-las em consignação, oferecê-las à luz dos olhos de quem sabe o que é precioso, torná-las reais; quem sabe, recompensar a viúva e os filhos com uma possível venda, fazê-los sentir por Tonho algo além de menosprezo.

Suponho que Tomás não rechaçará a proposta; confia em minha sensibilidade. Quando eu me for daqui, levarei comigo também a *Oferenda* da Avó; hei de restaurá-la, colocá-la ao lado de *O nascimento do mundo;* são irmãs, filhas de um mesmo universo. Sinto não ter conseguido ir à Micaela. Sinto igualmente que as tias não tenham conseguido mantê-la; tinham lá suas limitações. De qualquer forma, ainda que me tivesse sido facilitada uma visita à fazenda, não iria estar confortável na presença de estranhos que, embora pudessem sentir alguma empatia por mim, jamais alcançariam a dimensão da minha atitude.

Fui agraciada com parte da renda auferida com a venda da Micaela. A quantia serviu-me para o custeio de despesas com os primeiros anos de vida universitária, embora eu tenha trabalhado como ilustradora de livros infantis a partir do segundo ano da faculdade. Posteriormente, dei aulas de desenho e pintura para crianças e adolescentes. Minha decisão de deixar Nossa Senhora das Pedras para estudar teve o apoio irrestrito das tias; por certo contavam com o meu retorno. Ambas apostavam em mim e no orgulho que eu lhes daria, assim como eu própria apostava nisso.

O certo é que a Micaela me deu muito, sempre, antes e depois da tua morte. Lastimo que o teu filho não tenha retornado para assumi-la, como era do teu gosto. Devo dizer-te que há anos eu o tenho buscado baldadamente na internet — redes sociais e sites de desaparecidos —, e até um detetive cheguei a contratar. Talvez esteja morto ou tenha escolhido viver com um nome falso; quem há de saber? Não fiz isso por mim; desde que te encontrei me tive por órfã afortunada. Busquei-o porque queria que ele soubesse do meu amor por ti. Sei que ele te culpa pelo trágico fim da mãe, por um dia teres arrancado a menina da família dela e tentado torná-la alguém que ela jamais viria a ser. Como dizia minha mãe, coração apaixonado é animal cego. Eu diria mais: cego e furioso. Por que não te perdoas? A vida nos trama armadilhas inelutáveis. Tudo o que fizeste, o fizeste amparado na crença de que um dia a farias feliz. Sei que te empenhaste nisso, com o teu corpo e a tua alma. Contudo, viraste o rosto para o essencial: ela não te amava; amava os pais e os irmãos, a vida tribal e errante. Lembras do passarinho que me compraste apenas para fazê-lo ganhar a liberdade? Não percebeste que a menina Carmela era um passarinho? Soube que o teu filho, antes de partir, abanou-te o rosto com a acusação de que o amor não podia ser suplício nem destruição. Concordo com ele. Todavia, tive o sonho de que ele pudesse compreender algo: a morte, onde a mãe buscou refúgio, foi para ti o maior dos castigos. Tive o sonho de que o perdão do teu filho redimisse a tua memória.

Apronto-me para encontrar o advogado. À porta do quarto, Simone se vangloria do cozido acompanhado de pirão que prepara para o almoço. Não lhe presto a atenção merecida. Ela não demora a notar meu estado de espírito e a me indagar: O que a aflige, Ramona? Respondo, mais para mim mesma, que não posso deixar Nossa Senhora das Pedras sem pôr termo em certas pendências. Ela deve imaginar que me refiro à casa. Já conversamos sobre isso. Se estivesses aqui, certamente me arrancarias deste desalento com o arrimo das palavras certas. Como partir sem reencontrar Concita, sem saber o que foi feito dela — a vida pode apodrecer a essência de alguém? Como deixar as coisas no pé em que ficaram, vazias do sentido que lhes dei por toda uma vida? E há a notícia chocante da morte de Teo. Embora ele não mereça o meu perdão, devo confessar-te, armei-me da maior esperança de abraçá-lo mais uma vez, quem sabe, de conversar sobre os fatos que nos conduziram por caminhos inconciliáveis.

Vou ao encontro do filho de Tonho Mefisto. Apesar da chuva de ontem à noite, a manhã descortina-se pura como a primeira das manhãs, nuvens varadas pelo sol na cúpula de um azul feérico. No cartório, após um funcionário colher nossas assinaturas — a minha e a do advogado —, aguardamos um pouco pela do tabelião. Enfim, deixo o local com a certidão de inventário. Agora preciso registrar e escriturar a casa em meu nome, o que deve levar mais alguns dias.

À saída, sugiro a Antonio tomarmos uma cerveja ou um suco. Recebe o meu convite com desconfiança, mas não o rechaça. Deve se perguntar o que temos, afinal, para conversar, se tudo já foi resolvido, e o que ainda não foi devidamente encaminhado. Aconselha um espaço com ar-condicionado, e eu lhe informo que sou fumante; se ele não fizer absoluta questão pelo ambiente refrigerado, gostaria de acender um cigarro enquanto trocamos umas palavras. Indago-lhe se tem preferência por algum restaurante ou lanchonete, e ele responde que não, ainda cismado, os olhos fincados nos próprios pés durante a caminhada até o centro.

Por um segundo rejeito a ideia de que eu esteja indo nesta direção com o intuito de me encontrar com Nina. De que me serviria vê-la? Mais tarde, ao chegar em casa, ela confidenciaria à avó ter reencontrado a mulher intrometida e curiosa que lhe comprara refrigerante, cavalinhos de goma, sorvetes. E, quem sabe, Concita, agora mais empedernida em me manter distante dela e da família, proibiria a menina de aceitar qualquer coisa vinda de mim, até mesmo — e, sobretudo — palavras.

Cruzamos com um grupo de pedintes: dois homens, três mulheres e quatro crianças. Paro um instante para lhes dar uns trocados. Comento com Antonio que, se a memória não me falha, na minha infância não os tínhamos pelas ruas. As pessoas mais humildes não costumavam mendigar; pediam favores aos conhecidos — em particular, trabalho. Os únicos esmoleres em Nossa Senhora das Pedras eram os malucos, contados nos dedos de uma mão: Maria Sovela, Mané Fava, Ludugero Lambreta. Mesmo em tempos de seca extrema, as pessoas em situação de miséria envergonhavam-se de pedir. Os políticos valiam-se dessa carência para fazer proselitismo com a distribuição de alimentos. Famílias postavam-se diante do prédio da prefeitura, na expectativa de que o prefeito se compadecesse delas e se empenhasse em obter, junto ao governo federal, os auxílios emergenciais a que tinham direito. Ou se punham no átrio da igreja matriz. A fome não condizia com o interior dos templos ornados a ouro. Padre Lauro chegava à porta para abençoá-las e rezar com elas o Terço da Misericórdia. Ao fim de cada mistério, erguia os olhos para o céu e implorava a Deus que enchesse o firmamento de nuvens e as rompesse em água, que concedesse à terra, aos bichos e aos homens a alegria da fartura.

Acabamos sentados justamente à mesa da lanchonete onde avistei Nina pela primeira vez, não faz tanto tempo assim, três semanas, talvez um pouco mais — tenho a impressão de que o mundo parou desde então, e o futuro me aguarda em algum ponto não descortinado, a engrenagem da minha vida à espera de que alguém erga uma alavanca e a faça se mover outra vez.

Peço uma cerveja, a mais gelada possível. Antonio opta por um suco de acerola. Acendo um cigarro e começo a falar com entusiasmo do meu trabalho com os artistas plásticos, da galeria, da minha devoção pela Arte. Ele me ouve em silêncio, a suspeita embuçada no olhar. Aperta os lábios após cada sorvo do suco e afaga o cavanhaque. Desconfia de que estou a fazer rodeios com o intuito de chegar em algum inimaginável lugar. Em certo momento, percebo a impaciência no olhar de Antonio. Então, sem mais protelação, peço-lhe um crédito de confiança, dele e da família; quero levar comigo os trabalhos artísticos do pai, restaurá-los, apresentá-los ao mundo em um grande evento.

Antonio afasta o copo vazio para o centro da mesa e abaixa a cabeça. Se rejeitar minha proposta, não sei que argumentos usarei para persuadi-lo. Então?, pergunto, e mal consigo disfarçar a inquietação. Ergue os olhos, e eles me dizem "não": Veja, dona Ramona, a senhora era só uma menina quando frequentava a casa do meu pai, tem dele uma imagem que não corresponde à realidade, mostra-se generosa porque não sabe o que sabemos. Sufocada pela ansiedade, eu o atalho: O que eu não sei? Ele olha para os lados, parece apreensivo com o que tem para me dizer: Antonio dos Reis, o seu Tonho Mefisto, era um homem assustadoramente egoísta. A única coisa com que se importava de fato era com a pintura, não representávamos nada para ele, não tinha por nós, os filhos, o mínimo afeto, passava a mão em nossas cabeças quando lhe era conveniente. Além do mais, tornou-se um viciado irresponsável; a senhora consegue imaginar o que é para uma criança ouvir na escola, de outros garotos, que o pai é um alcoólatra, um filho da puta drogado?

Desarvorada, não articulo um mínimo "ai". Com a fala embargada de ressentimento, ele continua: Meu pai era um bêbado agressivo, para não dizer cruel; eu o vi espancar minha mãe muitas vezes, e isso não se esquece, dona Ramona; por mais que me digam que ele sofria de transtornos mentais — o médico nos falava em transtorno esquizoafetivo —, não há quem me tire da cabeça que ele não sofria de loucura nenhuma, ele era aquilo simplesmente, individualismo e truculência, e nada mais.

Peço outra cerveja e acendo mais um cigarro. Segue-se um silêncio embaraçoso. Nenhuma palavra me habilita a contestar o drama que acabo de ouvir. A mim, cabe tão somente convencê-lo de que Tonho era a sua obra, fazê-lo comungar comigo o entendimento de que "Onde há obra, não há loucura", o que ratifica o pensamento de que a loucura se confunde com a própria obra. Vou em frente: Escuta, Antonio, a pintura do seu pai não existiria sem a loucura; não sou eu quem o digo, são os estudiosos da mente humana. Veja Van Gogh, Nietzsche, Hordelin, todos grandes, intratáveis, inconvivíveis; embora Tonho tenha negligenciado vocês de forma inaceitável, e eu compreendo sua mágoa, nada retira o valor dele como artista. Antonio me rebate: Aquilo não era pintura, não era nada, aquele lixo todo era coisa do demônio.

Respiro fundo e acendo outro cigarro. Preciso me concentrar nos argumentos apropriados. A essa altura, qualquer descuido de minha parte poderá inflamá-lo mais ainda. Escuta, digo calmamente, eu lhe dou a minha palavra de que tanto as pinturas figurativas quanto as abstrações de Tonho eram Arte, a mais sublime Arte. Agora Antônio parece mais exasperado, e me corta a fala com rudeza: Sei que a senhora é uma autoridade em sua área, não a estou desmerecendo, mas não há nada que possa me demonstrar o valor daquela porqueira. E as pinturas de caráter religioso, meu Deus!, blasfêmias, atentados contra a fé cristã; como alguém em sã consciência pode apreciar aquilo?

Chama a garçonete, a mesma que outro dia trouxe o refrigerante para Nina, e lhe pede uma cerveja. Neste instante percebo nele um tique nervoso, um tremor involuntário da cabeça, acompanhado de um piscar de olhos. Penso em recuar — tenho consciência de que o assunto o aflige, e não duvido de que tenha sofrido bastante com a complexidade de Tonho; ao mesmo tempo, não quero abrir mão das pinturas que me fizeram ser o que sou. Preciso impedir que elas se arruínem em algum porão fétido, que excrementos de baratas e a fome destruidora de ratos apaguem as cores que iluminaram os meus dias de menina.

Aproximo a minha cadeira da dele e, num gesto pensado, seguro-lhe uma das mãos. Ele a retira instintivamente. Reboco a cadeira para o lugar anterior e digo: Você deveria se orgulhar dele, se não como pai, ao menos como artista; por que colocou *Sonhos* em seu escritório? Ele fecha os olhos, suspira, pregueia a testa com as pontas dos dedos. Suponho que irá perder a paciência comigo em um instante. Estou certa. Ele se ergue, volta a se sentar, e estoura: Não fui eu, caramba!, foi a minha mãe quem me pediu que deixasse a pintura lá quando comecei a advogar; aliás, não pediu, exigiu, e ela mesma a colocou em minha sala de trabalho.

Neste momento, como um milagre, uma ideia me passa pela cabeça: Você se incomodaria se eu conversasse com a sua mãe? Antonio tapa o rosto com as mãos, e eu me pergunto o que virá agora. Ao descobrir o rosto, fita-me com uma expressão compassiva: Lamento, dona Ramona, não tenho boas notícias para a senhora. Meu coração dá um solavanco. Ele continua: Meu pai pôs fogo em tudo; uma fogueira de tela sobre tela que ardeu um dia inteiro na parte de trás da casa. Foi seu último surto antes da morte, a morte que ele buscou sem descanso na bebida e nas drogas. Minha mãe conseguiu salvar *Sonhos* da destruição; por estar mal arrumado sobre os outros quadros, acabou por despencar para fora da fogueira.

Sou um saco vazio prestes a entornar ao chão. Não consigo evitar as lágrimas, abundantes e desavergonhadas; o puro sal da dor. Antonio pede guardanapos à garçonete. A moça me olha com indisfarçável dó; uma mulher da minha idade não se exporia assim, na rua, à frente daquele homem sério, dela mesma, dos passantes, senão por uma causa justa. Enxugo o rosto, assoo-me, faço bolinhas com os papéis usados e as coloco dentro da tulipa vazia. Antonio permanece calado. Sinto muito, diz de repente, não tinha noção de que os quadros do meu pai eram tão importantes para a senhora. Seca de palavras, apenas sacudo a cabeça. Então, ele pigarreia de um jeito solene; tem algo mais a me revelar. A essa altura, não me importo, nada pode ser pior do que o que acabo de ouvir. Numa inflexão sonhadora, quase afetuosa, ele diz: Meu pai lhe deixou uma pintura, a única com algum valor; minha mãe encontrou-a no fundo de um armário depois da morte dele; não sabemos em que época foi pintada, não está datada, tem apenas o seu nome escrito atrás; amanhã a deixarei em sua casa.

Nas tardes em que não nos reunimos em Concita, eu e Teo nos guardamos no quintal de sua casa — às tias, digo que vou estudar em casa de alguma colega. No tronco da ciriguela, onde nos recostamos, Teo entalhou à faca um coração com as iniciais dos nossos nomes. Da janela da cozinha, dona Alba, a mãe dele, nos acena de vez em quando. Gosta de mim; com frequência, me pergunta se desejo comer alguma coisa, e diz que herdei a formosura da Avó, especialmente os olhos. Conta que costumava vê-la passar, às vezes na companhia do pequeno Ramon ou de braços dados com o Avô, sempre alinhada em saias de cintura bem definida, pregueadas ou franzidas, armadas por certo com anáguas de popeline, como se usava àquela época, em blusas com botões de madrepérola e golas de renda francesa. Os cabelos, ela os usava num coque adornado com uma travessa de casco de tartaruga ou arranjados sob um chapeuzinho que só se via em revistas de moda. E arremata: Seu avô a mimava, mandava buscar na capital todas essas coisas e mais o que ela desejasse.

Numa dessas tardes em que estamos juntos, resolvo contar a Teo sobre o acontecido na Micaela; tenho a fé de que possa me ajudar com alguma informação. O mistério da moça enfurnada na casa velha me martela a cabeça desde o dia em que a vi; as lágrimas e o ranho no lenço do Avô me empatam a fome e o sono, assim também as janelas e portas cerradas, a espingarda sobre a mesa, o sumiço de Nestor; quem será Nestor? Apesar da pequeneza em altura e voz, algo nela me conta sobre uma coragem, uma espécie de fervor. Não fosse assim, não estaria trancafiada ali, o destino nas mãos do Avô.

Para meu desconsolo, Teo sabe tanto quanto eu; ou seja, nada. Eu o chamo para ir comigo à Micaela: Você precisa vê-la com os próprios olhos, Teo; talvez a conheça. Ele procura me dissuadir da ideia, e embora também sinta medo, eu o acuso de ser um frouxo, um moleque sem nada dentro das calças. No que os meus olhos dão com a bicicleta encostada ao muro, levanto num salto e, coberta de firmeza, anuncio: Iremos no próximo sábado pela manhã; é dia de feira, e seu Assis vem para cá, o Avô não sai. Almoçam juntos. Vamos de bicicleta, eu na sua, e você em uma qualquer que irá arranjar.

Teo discorda dos planos traçados à sua revelia. Qual é o problema?, pergunto. Ele me diz que a bicicleta está desmantelada, e eu, mais que ligeira, monto nela e começo a pedalar em torno dele: Onde, o desmantelo, seu mentiroso? Agarra o guidom com as duas mãos e me faz parar: Está bem, Ramona, mas não vá me meter em enrascada! Salto da bicicleta e deslizo a língua bem devagar sobre os lábios dele, acima dos quais floresce um sonho de bigode. Logo ele atira a bicicleta ao chão e se aperta todo contra mim, num ronrom de animalzinho manhoso que me arrepia a pele.

O alho frito incensa a tarde; dona Alba deve estar refogando algo. Da janela, intima Teo a ajudá-la com alguma coisa que não consegue alcançar no alto de um armário. Aproveito para me despedir. Antes de me afastar pelo portãozinho do oitão, faço-o prometer que não abrirá a boca, nunca, jamais contará a nenhum ser vivente sobre a moça oculta na Micaela. Teo cruza os indicadores sobre os lábios e confirma outro de nossos segredos.

Até o sábado, não arredo os pés de casa. Caço os olhos do Avô, observo-o como se ele fosse um estranho, e me oculto atrás de paredes na intenção de ouvir as conversas das tias. Concita me chega à porta: Vamos fazer um piquenique à beira do rio, Ramona? Ponho a máscara do desânimo. Ela me puxa pelo braço e entorta os olhos num gesto teatral: Estamos de férias, menina, tenho a cesta, falta só a comida, e Teo vai com a gente. Não me mexo nem abro a boca. Intrigada, ela me sonda os olhos: O que você tem?, está doente? Invento que tia Concebida me convocou a ajudá-la na cozinha; vai preparar um doce, e eu devo ralar coco e cortar mamões em pedacinhos. Concita não parece segura do que ouve: Deixe-me ver suas unhas, Ramona! E me toma uma das mãos com urgência: Olha aqui a manchinha branca, bem aqui, a mentira! Sorrio embaraçada. Em qual das minhas unhas ela descobrirá um dia a imensa e inapagável mancha branca do meu amor por Teo? Resisto: Não vai dar, Concita, é sério, tenho o que fazer em casa. Ela me dá um sorriso pálido, mas a zanga está lá, nas faíscas dos olhos que quase me fazem fraquejar; não desta vez — não me recordo de tê-la contrariado em nenhum outro momento. Aproximo-me para um abraço conciliador, mas ela me segura o pulso com força e, com voz tremida de rancor, ameaça: Depois não me apareça com cara de Madalena arrependida, eu não a perdoarei se estiver mentindo novamente; estou cheia das suas mentiras, Ramona!

No sábado, antes das sete, estou de volta à casa de Teo. No quintal, já montada na bicicleta menor que ele conseguiu para mim, ouço-o pedir à mãe que, se por acaso Concita aparecer à sua procura, diga que ele foi à fábrica com o pai. Dona Alba se melindra com o pedido e, arreliada por ter de mentir, questiona: Por que não conta a verdade para ela?

Talvez Concita já suspeite de nós dois, e se pergunte o porquê dos nossos desaparecimentos, das desculpas precárias que lhe damos. Dona Alba tem razão; até quando teremos de andar assim, na clandestinidade de bandidos? Ao mesmo tempo, desconheço as palavras que lhe contariam sobre as nossas mãos enlaçadas nas noites de cinema — quando ela, por algum motivo, não está entre nós —, o primeiro beijo, os muitos que vieram a seguir, as carícias entre as sacas de amêndoas de oiticica. Como ela reagiria se eu lhe dissesse que os sussurros de Teo me enfraquecem as pernas, põem o meu coração a tropel e me embaçam a visão, como se o amor fosse uma espécie de veneno, desses que matam aos poucos?

Deixamos a cidade debaixo de um céu de nuvens esfarrapadas, a manhã branca e doce como uma goiaba madura. No meio do corruchiado dos pássaros, um balido de ovelha. A beleza do mundo é uma escada para o Céu, e eu estaria feliz agora, não fosse a escureza dos meus pensamentos. Quem omite, trai? Conto a Teo a conversa entre tia Anunciada e tia Concebida, que ouvi há alguns dias. Ele me diz que, embora os militares andem à caça de comunistas, com muitos já atrás das grades, o Avô jamais poderia ser um deles. Digo-lhe que sobre comunistas só conheço a história inacreditável de que comem criancinhas. Teo sorri, e diz que ele próprio nunca conheceu um comunista, embora certa vez tenha escutado de um tio que são uns miseráveis filhos da puta.

Pedalamos freneticamente ao encontro da moça misteriosa. Falta pouco; a sombra da Serra do Moleque já se descortina à nossa frente. O suor me empapa os cabelos, me rega os olhos, me escorre pelas costas. Comento o quanto me é difícil compreender como a Avó foi capaz de renunciar à vida — nunca mais o perfume da terra banhada de chuva, a visão do sol a se derreter atrás dos serrotes, dos desenhos traçados pelo vento nas águas do rio, do ondear sibilante das folhas das acácias; nunca mais o sabor do doce de gergelim e da canjica polvilhada de canela; nunca mais a calidez do abraço de Ramon, a ternura das palavras do filho. Teo me diz que talvez a Avó não tenha conseguido suportar a saudade de si mesma, talvez imaginasse a morte como uma outra vida, e dobrada a esquina da primeira, a segunda logo acenaria para ela. Penso nas palavras de Teo. Sim, o Céu seria um acampamento cigano, e a Avó bailaria eternamente ao som dos coros de serafins. E mesmo que se visse amaldiçoada por haver disposto da própria vida e extraviada no Inferno, ainda assim seria a cigana que era, a ler o mal nas mãos dos condenados, a rodar com o Diabo na dança do leque.

Em pouco mais de uma hora, estacionamos as bicicletas atrás de uma moita, e nos encaminhamos para o pátio na parte de trás da casa; hoje, entulhado de folhas secas. Vou à frente; Teo me segue de perto, os olhos apertados de insegurança. Trago no peito um coração pronto a pular pela boca, em pipocos que disputam com o estrupido das águas nas pedras. Por um instante, penso no que faríamos se neste justo momento a moça nos espreitasse por alguma brecha na porta, pelo buraco da fechadura, e surgisse com a espingarda do Avô em punho —reprimo o desejo de falar da espingarda; Teo pode dar para trás e me deixar na mão.

Subo o batente e apoio o rosto na frincha da janela. A moça não está lá, tampouco a espingarda sobre a mesa. Desço e me afasto um pouco; Teo me segue. Cochicho que precisamos desvendar em qual cômodo ela se encontra. Torno ao batente e contorno a casa até dar com a janela seguinte. Corro os olhos pela madeira apodrecida, sigo a carreira de pó de luz que atravessa o vão, e lá está ela, deitada numa espécie de catre. Olha para o teto numa dureza de cadáver, a espingarda sobre o piso de cimento, ao alcance da mão. Mais adiante, no canto da parede, uma lamparina e uma caixa de fósforos sobre uma pilha de livros. Faço um sinal para Teo. Empurro-o em direção à fresta na janela. Ele se abaixa e espia. No mesmo instante se vira para mim, a mão sobre a boca assombrada. Ele a conhece. Torna a espreitar o interior da casa, certifica-se do que acaba de ver, e depois se afasta ligeiro até o alpendre atopetado de folhas, garranchos e trepadeiras que se enganCham aos pilares.

Agora me puxa pela mão para o matagal em frente à casa. Tento guiá-lo até o local onde deixamos as bicicletas, mas ele não me entende, vai para lá e para cá, desnorteado feito pássaro em gaiola. Por último, põe-se de cócoras, os olhos rasos de pasmo, e entrega: É a filha de Gregório da Farmácia, faz faculdade na capital; o que diabo ela está fazendo aqui?

Retornamos para casa em silêncio. Avanço debilmente contra o ar tremido feito vidro trincado, uma cortina de calor que quase posso tocar. A brisa de fogo me soca o rosto. Teo à frente, cem, duzentos metros. Não consigo pedalar na mesma velocidade; minhas pernas fervilham de dor. Ele sequer percebe que fiquei para trás, a cabeça atolada na imagem da moça, e, como eu, se faz perguntas sem respostas.

O funcionário do cemitério me entrega um saco grande de lixo. Arrumo nele as guirlandas de flores estioladas e malcheirosas, deixadas aqui no dia do sepultamento de tia Concebida. Em seguida, ajeito sobre a brancura da laje um buquê de flores silvestres, as mesmas que eu desenhava quando criança. Parece um sonho que eu não seja mais aquela pequena artista, e que tu não estejas mais aqui entre nós. Ocorre-me agora uma lembrança: quando te agarravas a este mundo por um fio tênue, o fim já sinalizado por doutor Humberto; imaginei que não conseguiria viver plenamente sem a tua presença, que carregarias contigo o propósito para os dias que sucederiam à tua partida. Não podia imaginar que, morto e sepultado, seguirias comigo, teu olhar sobre mim numa espécie de encantamento, as coisas do mundo pejadas do teu entendimento, meus sentimentos entrelaçados aos teus, tua interminável vida colada à minha.

De dentro dos seus universos impossíveis, meus mortos me fitam numa muda compreensão. Cá estão as fotografias: tu, tua mulher, teus pais, avós, tuas irmãs. Lavrados na lápide, os nomes, as datas de nascimento e falecimento de cada um. Os epitáfios são curtos dizeres para longas histórias. O teu foi escolhido por uma das tias, não me recordo qual delas: *Um anjo tocou nossas vidas*. Tateio teu rosto de louça, os olhos que me contam histórias, a primeira e a mais doce, a de quando cheguei aqui em Nossa Senhora das Pedras e tu me aceitaste, não por senso de dever, mas com o afeto de que te fazias, porque amar é sobretudo o desejo de amar — o que temos além dessa imensa fome de amor? Ah! A tormentosa ciência do fim. Não obstante traga comigo a crença de que somos mais do que estruturas celulares em processo degenerativo, o fim me angustia. Sim, parece-me inconcebível a ideia do fim como fim. E teimo na crença de que, em algum impossível espaço, persiste a força inapreensível da individualidade; posso senti-la, ainda que não seja capaz de afirmar onde foram parar a tua integridade amorosa, a energia de tia Anunciada em sua rotina de criação, a rendição de tia Concebida às premências da carne — as falas, os risos, os desejos, os medos, as alegrias e as tristezas, tudo condensado num vasto, etéreo e ignorado infinito.

Sentada sobre a saudade do teu jazigo, sou eu agora quem te conta uma história — a história calada, a história proibida. E começo pela noite em que foste arrebatado de nós, pouco mais de uma semana após eu e Teo termos estado na Micaela. Era noite alta; dormíamos, quando ouvi alguém te chamar lá fora. Reconheci a voz de doutor Humberto, e não quis pensar se aquilo seria um bom ou um mau sinal. Depois teus passos ecoaram no corredor, e a porta da frente se abriu e se fechou. Escutei outras vozes, vozes masculinas, duas ou três. Quis deixar a cama e averiguar o que se passava, mas há dias o meu coração, como se pudesse antever os seguintes, rejeitava o sono. Àquela noite, porém, meus olhos cerraram-se sem que eu desse conta de mim.

Ao acordar, as tias disseram-me que havias viajado, irias passar alguns dias na capital. Aconteciam, às vezes, essas breves ausências. Todavia, nunca antes partiras sem as devidas despedidas. Daquela vez, deixaras um vago bilhete sob a fruteira da mesa. Lembrei-me do ocorrido na madrugada e contei às tias que te foras com doutor Humberto e outros homens. Como já haviam pressentido a gravidade da situação, desgostaram seriamente do que lhes narrei; a presença do médico no meio da noite vinha confirmar os receios dos meses anteriores. Debulhei-me em lágrimas; acreditava piamente que os teria impedido de levá-lo se houvesse pulado da cama, corrido para fora e me colocado corajosa e renhidamente à tua frente: Não, o Avô não vai com os senhores, sejam os senhores quem forem, e se ele tiver de ir, irei junto.

Durante meses ignoramos teu paradeiro. Àquela altura, não havia dúvidas de que estavas sob o jugo dos militares, assim como doutor Humberto e a moça que abrigaras na Micaela. Na casa, outra vez entregue ao abandono, os homens do governo deixaram um rastro de violência: a enxerga revirada, os tamboretes de pernas para o ar, a espingarda desaparecida, livros espedaçados — as palavras de um mundo ideal espalhadas sobre o chão de pó: Marx?, Engels?, Paulo Freire?, a poesia de Pushkin? Só nos restava esperar.

Os dias se seguiam com o mesmo devastado rosto. Tia Concebida enfiada em tarefas domésticas, a solfejar as canções mais tristes; tia Anunciada a pedalar a máquina de costura — ambas atiradas numa tristeza resignada. À noite, ao invés de nos sentarmos à calçada para assistir ao passeio das pessoas na praça e esperar o Aracati que vinha refrescar os quartos para o sono de mais tarde, permanecíamos no interior de casa, resguardadas de olhares curiosos e indagações indiscretas. Às vezes, por não contar com a tua presença para a animada sueca, jogávamos uma canastra frouxa, as cartas a nos cair das mãos impotentes.

Quando saíamos à rua, as pessoas nos observavam como se fôssemos animais estrambóticos ou ferozes, de quem deviam se manter afastadas. Os conhecidos acenavam de longe, e alguns desacertavam os passos ao nos encontrar. Um dia, ouvi de um homem com ar de superioridade que cruzou comigo na rua: Neta de comunista,

comunistinha de merda. Cega de raiva e gelada como se o sangue me escapasse pelos buracos do corpo, atirei-me para a casa de Tonho Mefisto. Ao ouvir o meu relato, vociferou: Um lambe-botas! Comunista de merda é a puta velha da mãe dele.

A palavra "comunista", agora eu sabia, absolutamente impronunciável, perseguia-me todas as horas do dia. Cada vez que me vinha a tua imagem, a de comunista se interpunha, e uma não aderia a outra. Como podias ser algo de que eu não fazia ideia? Aos olhos de uma fração do mundo — aquela da qual Tonho não fazia parte —, tu eras uma criatura perigosa, um traidor da pátria, um personagem maldito de uma história mal contada. Um anjo decaído. Eu seguia te vendo como um homem de sonhos. Desde quando sonhar era crime?

Fui surpreendida com a narrativa de Tonho; abrigado em uma bolha de conforto e indolência, o povo temera a sindicalização, a radicalização das chamadas reformas de base do presidente deposto, a reforma agrária e, sobretudo, a perda de privilégios e ameaça às suas posses. Descobri-me ignorante, alheia à real história do meu país, a que passava ao largo daquela ensinada nas aulas de Moral e Cívica, a do governo redentor, do milagre econômico, do incondicional amor à pátria. Todos os dias, antes do início das aulas, nós nos esgoelávamos nos hinos, o Nacional e o da Bandeira, enquanto a bandeira nacional era hasteada lentamente, os dizeres *ordem e progresso* a tremular contra a solidez do céu de Nossa Senhora das Pedras.

Perdida no emaranhado daquelas informações, eu não arredava o pensamento de ti, e martirizava Tonho com perguntas irrespondíveis. Ele te conhecia tão pouco. Na católica e feudal Nossa Senhora das Pedras, sempre te mostraras um homem de hábitos previsíveis, proprietário de terra, afeito a regras, de raros amigos e palavras, nenhum discurso temerário; o casamento com Carmela, o ato mais anárquico de toda tua vida. Não eras um militante; eras tão somente um simpatizante do movimento de resistência à ditadura, um homem disposto a lutar contra as injustiças sociais.

Por esse tempo, fechei-me em mim mesma, um tatu-bola acuado de perguntas sem respostas; se me espicaçavam para que eu deixasse o casco, punha a cabeça para fora, e, ao me assegurar de que não retornaras, voltava ao interior da carapaça. Foram dias longos e confusos; perdida a inocência, por pouco não fui expulsa do colégio das freiras. Ao lado de um mapa-múndi e de um Jesus crucificado, o retrato do presidente decorava as paredes das salas de aula. Num ato de revolta e insubmissão, espatifei o vidro da moldura e destruí com os pés a imagem do homem impiedoso por trás da tua prisão. Duas ou três colegas assistiram ao meu momento de fúria, e o fato logo chegou aos ouvidos da madre superiora. As tias se encarregaram de me livrar do expurgo; justificaram meu comportamento perante a direção da escola como um arroubo adolescente, sem caráter político, perfeitamente perdoável numa menina excessivamente afeiçoada ao avô, que agora lhe faltava.

Abandonei-me a uma letargia torturante. As tias não tinham mais como chamar doutor Humberto para me assistir; ele fora levado contigo, e a família padecia as mesmas agruras que nós. Tia Concebida conduziu-me ao consultório de outro médico; após me auscultar, inspecionar o fundo da minha boca e me bater seguidamente a barriga com dois dedos hirtos, concluiu que eu não sofria de nenhuma doença: A menina está perfeitamente saudável. Como a tia repisasse a minha apatia e falta de apetite, o médico ergueu-se num repente e escancarou a porta para nós, num gesto de intolerância que tomei como resposta ao nosso parentesco contigo.

Larguei os pincéis; nenhum traço, nenhuma cor te traria de volta para mim. Também andei distante de Teo e Concita, embora fossem eles a me encorajar, quando conseguiam me ter por perto. Diziam-me que não tardarias a retornar, tudo acabaria bem, eu iria ver só. Eu me perguntava como tudo poderia terminar bem, se o próprio Teo me falara em torturas desumanas, assassinatos, corpos jogados em valas, nunca mais o filho, a filha, o pai, a mãe, o irmão, a irmã, o marido, a esposa. Nunca mais o avô.

Tempos de contrição e renhida fé. Assídua às missas e novenas na companhia de tia Concebida, os dias se resumiam à escola e ao desfiar sem fim do rosário; cento e cinquenta contas de Mistérios murmurinhados nos bancos da matriz ou na escuridão do meu quarto, num esforço de concentração que me provocava terríveis dores de cabeça. Tantas Ave-Marias e Padre-Nossos haveriam de me dar a graça do teu retorno. Padre Lauro, comovido com a minha fidelidade, passava-me a mão na cabeça em gesto de alento — a mesma mundana mão que ele metia entre as pernas de tia Concebida: Não desanime, filha, não perca a esperança!

Caminho agora entre as alamedas de angico e cambará que desembocam no escritório do cemitério. Um homenzinho põe os óculos para buscar no livro de registros a localização do túmulo de Teo. Sigo o dedo indicador pelas linhas de anotações: Aqui está; Teodósio de Queiroga Filho.

Acompanho o funcionário. Ao final da reta, mostra-me o retângulo de mármore. Há flores do campo sobre o túmulo; não necessito tocá-las para constatar que foram deixadas recentemente. Pergunto-me quem poderia tê-lo feito, e penso em indagar ao senhor que me trouxe até aqui, mas ele já se move em direção ao escritório, e eu desisto de chamá-lo. Aproximo-me da lápide. Na fotografia, os olhos de Teo assentam-se com força sobre os meus. Volto o rosto para cima e respiro fundo. Esforço-me em não chorar, mas as lágrimas arrebentam em mim com a violência de uma represa rompida. Deito-me, os braços abertos sobre a pedra: Por que, Teo, por quê?

Ergo a cabeça. Aferrados aos meus, os olhos de Teo não se rendem; cintilam na mesma luz de quando diziam seu amor por mim.

Despetalo as flores que lhe foram levadas por alguém ignorado, cuspo sobre elas, atiro os talos para longe.

Concita vem me tirar da cama. Não é brincadeira, anuncia, tem algo importante para me mostrar. Eu a acompanho até a frente de uma casa, onde uma multidão se aglomera — crianças e adultos, homens e mulheres, trabalhadores, estudantes, desocupados; uma parte silenciosa, outra, aos sussurros. Gregório da Farmácia e a família se entocam lá dentro, as portas e janelas cerradas. Alguém viu Elisa desembarcar na rodoviária hoje cedo e tratou de espalhar a novidade; os abelhudos foram arrebanhando outros, todos interessados em conferir a desgraça da família — agora meio reparada com o retorno da moça. Uma tensão atravessa o grupo, como se algo estivesse por acontecer. Por que me trouxe aqui, Concita?, pergunto. Sem resposta, eu a arrasto pela mão: Vamos embora; não quero assistir a essa palhaçada.

Neste instante, um homem de expressão hostil próximo a nós passa a gritar: Traidora!; subversiva!; comunista! Outros o imitam em urros de ódio que me abrem valas no peito. Logo, começam a jogar pedras à porta e às janelas da casa de Gregório. Ele não tarda a aparecer em uma das janelas, o revólver em punho, a fala rouca de indignação: Desapareçam já daqui, canalhas, vermes, vagabundos!

Algumas pessoas se afastam; outras resistem a abandonar o espetáculo. Já dobramos a esquina, quando ouvimos uma mulher esbravejar: Cadê a puta da tua filha? A resposta do pai são três balas disparadas para o alto, e a turba se dispersa em correria.

Concita me convida a dar umas voltas, e eu lhe digo que hoje não. Ela não insiste; parece arrependida de haver me trazido aqui. Despeço-me dela e rumo a um lugar incerto. Não quero voltar para casa com essa tranca no peito. Caminho pelas ruas encaloradas até topar com a casa de Tonho. Coração apedrejado, desmorono no sofá da sala. Ele me olha sem me ver, retirado em seu mundo de cores. Não atino com o que toma forma na tela, os olhos quebrados para dentro, o medo a me chicotear o lombo. Em algum momento, larga o pincel e a paleta, limpa as mãos num trapo, e o seu olhar me apanha em cheio: O que houve, Ramona? Apresso-me em lhe contar o sucedido diante da casa de Gregório da Farmácia — o retorno da filha, as vozes dos carrascos, as pedras e as mãos certeiras.

Tonho me ouve calado, mas sinto uma agitação a crescer nele. Estala os dedos das mãos, careteia, rodopia pela sala, chuta o pé da mesa, atira longe o cavalete, pisoteia a tela onde trabalhava há pouco, soca as paredes, cospe o chão. Por fim, explode: Magote de ignorantes, imundos, cretinos; não sabem nada de Elisa, não sabem nada da vida dela; eu os mataria se estivesse lá, um por um, com as minhas próprias mãos, pode ter certeza. Uma expressão de horror lhe deforma o rosto. Nunca antes o vi assim, nem mesmo em períodos de bebedeira. Encolho-me; este Tonho me assusta.

Demora a serenar e, quando isso acontece, arria no sofá ao meu lado. Você conhece Elisa?, pergunto num fiozinho de voz; receio que volte a se exaltar. Pigarreia antes de começar a falar, o tom de voz agora mais ameno: Eu a conheço desde sempre; Elisa é uma brava guerreira. Pergunto-me o que exatamente Tonho quer dizer quando a chama de guerreira, e ele, como se lesse meu pensamento, conta: Eu me lembro que, numa grande seca, quando você nem havia nascido, Elisa, menina ainda, recusou durante dias e dias os pratos de casa, porque os homens do campo e suas famílias não tinham o que comer; e sabe do que ela se alimentava? De flores do campo, sob o assombro dos pais que viam ali um desatino. Por volta dos doze anos passou a alfabetizar adultos, homens e mulheres que não sabiam assinar o próprio nome; também foi ela a ter a ideia das hortas comunitárias na beira do rio, e há dois ou três anos trouxe artistas da capital para instruir o povo a trabalhar com a palha e o barro.

Sou invadida por um sentimento de menos valia; em meu mundo miúdo, nunca lutei senão por mim mesma. Abaixo a cabeça, ruborizada. Talvez Tonho tenha me enxergado a dor envergonhada, pois, pela primeira vez, num gesto que me enche de incredulidade e gratidão, me toma uma das mãos e afirma: Algumas pessoas, Ramona, são muito maiores do que imaginamos; outras, de tão pequenas, passam pela vida feito amebas. Sorrio tristemente: Não quero passar pela vida feito ameba. Ele suspira, minha mão ainda na dele, e diz: Você é uma artista, Ramona. Suspiro aliviada. Ele continua: Sabe o que fiquei sabendo há poucos dias? Era seu avô quem ajudava Elisa financeiramente com esses projetos.

Digo a Tonho que isso não me consola. Diante do que assisti hoje em frente à casa de Elisa, temo que a próxima vítima seja o Avô, embora saiba que a humilhação vivenciada por ela e pela família chega a ser um presente, se comparada à possibilidade de se sofrer anos a fio na prisão ou de ser assassinado. Num arroubo, abraço Tonho e deito a cabeça em seu colo cheiroso à terebintina. Ele não se move; ouço a respiração compassada, o batuque do coração. O que irá acontecer com o Avô, Tonho?, pergunto. Ele se desprende do meu abraço, olha longamente para a rua pela janela aberta, e diz: Seu avô não tardará a voltar, você vai ver, e o tempo dirá quem são os vencedores dessa guerra podre. E se ele não voltar?, indago. Tonho se levanta, caminha do sofá à janela e retorna para junto de mim: Ouça, Ramona, ninguém pode garantir que ele retornará, mas não devemos perder a confiança; você pensa que Elisa, doutor Humberto e seu Avô são os únicos comprometidos com essa luta? Há outros, há muitos, todos irmanados nas ideias e, agora, no silêncio. Sou invadida pelo espanto: Isso é verdade, Tonho? Sim, ele prossegue, sei de alguns aqui em Nossa Senhora das Pedras, sei da queima de livros, de armas de fogo e de cartuchos embiocados em fundos de cacimbões. Surpreendo-me: Aqui? Ele confirma: Sim, e lamentavelmente temos também os cupinchas dos militares; estão por toda parte, e não se sabe ao certo quem são, talvez o vizinho, o colega de trabalho, o parente que aparece para o cafezinho; todos uns filhos da puta à cata de informações.

Lembro-me de Nestor, o nome mencionado por Elisa, e Tonho me esclarece: É colega e namorado dela; estudante de Direito, atua no diretório central da universidade com certo protagonismo na cena política acadêmica. Os dois criaram um jornal de resistência aos militares, que circulou pelo *campus* durante algum tempo. Além disso, estavam sempre a mobilizar os colegas para atos de protestos e manifestações de rua. Combateram o bom combate. Agora ele também é refém dos militares; foi encarcerado um pouco antes do seu avô.

Volto para casa com as palavras de Tonho malhando dentro de mim. O cenário apresentado por ele me parece tão inacreditável quanto o universo dos unicórnios e cavalos alados, e embora a prisão do Avô torne esse mundo próximo e real, não alcanço o sentido de se fazer homens e mulheres desaparecerem no meio da noite apenas por eles sonharem um sonho diferente.

No fim da tarde, Concita vem me procurar novamente. Finjo um sono profundo ao chamado de tia Concebida. Retorna à noite, e a tia informa que estou doente. Na manhã seguinte, logo após o café, está de volta. Não quero vê-la, mas acabo cedendo e lhe dando a cara à força: Não estou para bangular, Concita; menstruei, e as cólicas não me dão sossego. Ela embirra: É urgente; preciso lhe contar uma coisa importante. Normalmente, pularia no pescoço dela e a empurraria para um banco da praça. Agora, me falta ânimo para os mexericos e planos mirabolantes de Concita. Também me atravessa o corpo, como a espinha de um peixe gigante, o fato de ter sido ela a me fazer assistir à humilhação pública de Elisa.

Ao lhe dar as costas, ela sussurra num tom dramático: É sobre o seu avô. Viro-me, o coração em desabalo: Sabe dele, Concita? Pelo amor de Deus, me diga se ele está vivo. Ela me puxa para a calçada: Venha, Ramona, vamos dar uma volta. Descemos a rua em direção à igreja do cruzeiro. Concita diz não saber por onde começar, e eu digo que comece pelo começo. Vai para frente e para trás em voz macia demais, o nome de Teo metido entre uma frase e outra. Um alarme ressoa dentro de mim: O que Teo tem a ver com isso? Não era sobre o Avô que você queria me falar? Ela pede para eu me acalmar e, por fim, desentala; Teo e o Avô estão juntos na história, que se desenrola sem que eu possa fazê-la parar. Teo, o meu Teo? Não acredito, não pode ter sido ele. Penso em nossos segredos e juramentos, no pacto de sangue, na vida dele misturada à minha até o infinito. Concita bate na mesma tecla: Sim, foi ele quem denunciou seu Graciliano, contou aos pais sobre Elisa escondida na Micaela, contou a mim mesma e a mais não sei quem. E para me demonstrar a exatidão da sua denúncia, Concita se derrama em detalhes: nossa ida à Micaela num certo sábado, a casa velha ao lado do riacho, a filha de Gregório da Farmácia refugiada ali sob a proteção do Avô.

Tapo as orelhas com as mãos. Concita acaba de me pregar à cruz com pregos bem batidos, me crava sem dó a coroa de espinhos à cabeça, e me espreme entre os lábios a esponja de vinagre. O mundo escurece; posso clamar por Deus agora e Ele não me atenderá, porque sou uma filha frívola e desnaturada. Traí o Avô, condenei-o, matei-o. Mereço a sorte que agora me chega.

Inclinada sobre mim, o rosto quase a encostar no meu, Concita recomeça, agora num tom imperioso: Pare de adular Teo, de lhe dar confiança, ele não a merece, Ramona. Por um instante, eu me agarro à crença de que esteja enciumada, e que essa história não passe de uma invencionice. Acuso-a de estar a levantar um falso, e ela se balança inteira: Quero cair dura agorinha mesmo se eu estiver mentindo. Esmoreço ao pensar duas vezes; como ela ou qualquer outra pessoa poderia saber da nossa ida à Micaela, se ele não houvesse dado com a língua nos dentes?

Rebento em lágrimas, ao mesmo tempo que a estapeio, arreganho a boca na tentativa de mordê-la e puxo-lhe os cabelos: Perversa!, perversa! Ela me abraça e me imobiliza os braços. Retorço-me sem sucesso; ela é maior e mais forte do que eu. Agora me sussurra palavras de consolo: Calma, Ramona, shhh, shhh, é injusto, é cruel, mas vai passar, e eu vou estar ao seu lado; também não quero mais saber de Teo, ele acabou para mim. Eu a contesto: Não, não vai passar, jamais irá passar! Num puxão, arranco do pescoço o trancelim de ouro, com a medalha do Sagrado Coração de Jesus que me foi dada por Teo em meu aniversário de quatorze anos, e o atiro ao chão. Concita se curva para apanhá-lo: Foi ele quem lhe deu? Já não receio que saiba: Sim, sim, foi ele. Ela grunhe: Teo, seu Judas, seu lugar está reservado no Inferno, o demônio vai lhe arrancar a língua! Então, põe a medalhinha sob a fúria dos olhos e depois a trinca. Por último, desfecha: Não é ouro; é quinquilharia.

Fui ao cartório verificar em que pé se encontra a documentação da casa. O escrivão assegurou-me que em quarenta e oito horas a escritura, devidamente registrada, estará em minhas mãos. Preparo-me para deixar Nossa Senhora das Pedras em três ou quatro dias. Ao chegar aqui, não imaginei que ficaria tanto tempo, tampouco que teria de amargar a morte de Teo e a rejeição de Concita. À porta, quando me preparava para deixar o cartório, um vento morno me bafejou o rosto, e eu soube que iria chover. Estuguei o passo. Logo o céu começou a descer e a se abrumar, e uma faixa de borralho encardiu as cristas das serras. As ruas foram tomadas por lufadas de pó, maçarocas de folhas secas passaram a voejar pelas calçadas — tu tinhas a ciência das chuvas, e quase sempre acertavas o tempo em que elas cairiam, ainda que o mundo todo se armasse em blefe. Sertanejo de sentidos experientes, observavas o firmamento, o formato e a cor das nuvens, checavas a direção do vento e, enfim, sentenciavas: Hoje não chove. Ou: Vem água grande por aí.

Agora chove copiosamente, e os relâmpagos, seguidos pelo estrugido dos trovões, tecem breves desenhos nas paredes do teu quarto, deitam clarões fulgurantes sobre as figuras da Nossa Senhora e da cigana. Esfriou um pouco, e eu desliguei o ventilador. Os basculantes trepidam com o vento e a água. Abro um deles por dois segundos; ainda não passa das oito da noite, e não há mais ninguém nas ruas. Nossa Senhora das Pedras me lembra uma cidade após uma guerra perdida.

Em meio à desordem ensurdecedora da tempestade, ouço o meu nome; alguém me chama uma, duas, três vezes. Pergunto-me que urgência terá feito essa mulher enfrentar um dilúvio para vir até aqui. Ergo-me e volto a descerrar um dos basculantes; a chuva espirra com violência sobre o meu rosto. Quem está aí?, grito. A resposta ecoa no rastro de um trovão: Sou eu, Concita; preciso falar com você. Enxugo o rosto no lençol, instantaneamente alvejada pelo que penso ser uma notícia trágica — Nina. Talvez tenha lhe acontecido um acidente ou tenha sido apanhada por uma doença grave. Num instante me visto e voo para a porta da frente. Plantada à calçada, os cabelos grudados à cabeça, os ombros caídos, Concita me lembra um filhote de pássaro arremessado do ninho pela força do vento. Faço-a entrar: O que houve? Arrosta-me em silêncio — nos olhos, um sonho ruim. Passa por mim numa ligeireza de encontro marcado, e se dirige à sala como se a casa fosse dela ou estivesse por aqui todos os dias. Sigo o rastro d'água no piso: Espere, Concita, vou pegar uma toalha e roupas secas para você.

Ao retornar do quarto, encontro-a ao pé da máquina de costura, a acariciar a caixa de bobina. Por um instante, ela me parece vulnerável, e eu tenho de me conter para não abraçá-la: Venha, tome aqui, enxugue-se e troque-se ali. Ela se fecha no banheiro. Ponho a chaleira com água no fogo e três colheres de pó no filtro; um café forte irá fazê-la se sentir melhor.

Concita aparece em um dos meus vestidos, a toalha enrolada à cabeça em modo de turbante. Tem alguma coisa para beber?, pergunta. Aponto a chaleira sobre a boca do fogão. Ela sorri: Café? Não, Ramona, quero bebida de verdade, cerveja, uísque, cachaça, o que você tiver aí. Só então reparo na entonação arrastada, nos olhos consumidos por labaredas. Você bebeu, Concita?, indago. Joga a cabeça para trás, espalha-se na cascata do riso. O turbante se desfaz, e os cabelos úmidos caem sobre as costas. Entrego-lhe um pente — enquanto ela desemaranha os cabelos, faço a água fervida escorrer sobre o pó de café. No silêncio intermitentemente interrompido pela ressonância dos trovões, pego xícaras, pires, colherinhas, açucareiro, adoçante, e ponho tudo sobre a mesa. Posso servi-la?, pergunto por perguntar, o café já pela metade da xícara. Concita chia: Já lhe disse que não quero, Ramona; o que tem aí de álcool? Não me dou ao trabalho de responder; seguramente está bêbada. Empurro o açucareiro em direção a ela. Num gesto abrupto, ela afasta a xícara para longe de si, e o café entorna sobre a toalha. Estupefata, pergunto: O que significa isso? Ela me encara em silêncio — os olhos são dois cacos de vidro. Sem pensar duas vezes, arranco a toalha da mesa, e a louça se espedaça ao chão. Pega de surpresa, Concita não se move nem dá uma palavra. Sigo adiante:

Afinal, o que veio fazer aqui? Não tenho bebidas alcoólicas, melhor você voltar para o boteco imundo de onde veio. Ela guincha: Ah, é? Quer mesmo que eu me vá? Não quer ouvir o que tenho para lhe contar?

Desacelero. Sob o olhar vigilante de Concita, apanho do chão os cacos de louça e os ponho na lixeira. Torno a colocar a chaleira no fogo e o pó no filtro. Arrumo sobre a mesa uma toalha limpa. Em pé, junto ao fogão, espero o novo café se aprontar. Após me servir, volto a me sentar. Sorvo o café em pequenos goles. Não me engano; o que quer que tenha a me dizer não me fará estar com ela melhor do que da última vez. Estou convicta de que o castelo de cartas da nossa relação, um dia construído com delicadeza e equilíbrio, veio irremediavelmente por terra; as cartas se espalham sobre o piso, a verdade encoberta nas muitas viradas para baixo.

Ela me aparta o pensamento: Tem cigarros? Vou apanhá-los no quarto. Acendo um para mim e lhe passo o maço e o isqueiro. Coloco sobre o centro da mesa um potinho de cerâmica, que tenho usado como cinzeiro. Ela remói: Não há nada mesmo para se beber nesta casa? Nego com a cabeça. Ela se ergue e, em atitude de dona de casa, dirige-se ao armário. Escarafuncha as prateleiras, inspeciona o espaço sob a bancada da pia, vai até a sala; provavelmente faz uma busca na cristaleira. Volta de lá aos cacarejos: Merda, merda, merda.

Permaneço onde estou, calada. Concita remancha em revelar o que a trouxe aqui. Um pedido de desculpas? Duvido. Quero crer que se abrirá, que contará mais sobre si mesma. Observo-a disfarçadamente; agora parece sossegada. Logo me vem à mente uma fala de tia Anunciada: Nunca se engane com as cinzas de uma fogueira; ela pode esconder brasas. Que brasas arderão no interior de Concita? Após o meu rompimento com Teo, manteve-se a amiga dedicada de sempre — nunca a mínima indagação sobre o que teria acontecido entre mim e ele, nenhuma queixa ou recriminação. Do alto da sua majestade, continuou decidindo por nós duas — aonde ir e o que fazer —, o que não me desagradava, pelo contrário; era como ter uma irmã mais velha.

Lembrar desse tempo me torna subitamente compassiva. A vida endureceu Concita, isso é real; assacou-lhe todo tipo de falta, impôs-lhe o vazio de perspectivas. Devo nos dar uma chance, e o faço modulando a voz em delicadeza, quase obsequiosa: Por que não me conta de uma vez por todas o que a atormenta? Como ela se mantém muda, prossigo: Do jeito como se comporta, Concita, não iremos a lugar nenhum. Fita-me com uma aspereza que me faz desviar o olhar — penso numa das feras pintadas por Leonora Carrington — e lança a primeira pedra: Aonde podemos ir juntas, Ramona?, estou onde sempre estive, no lugar onde você me largou há mais de trinta anos; não fui eu quem sumiu sem deixar pista, não sou a bostinha insensível que você é!

Meu coração se lança em um galope de mil patas. Posso interrompê-la, dizer-lhe que não, não é verdade; amarguei sua falta, penei a solidão de nenhuma palavra, aos dezenove anos outra vez à deriva. Sim, posso lhe contar de mim a vagar por uma cidade arisca — o hálito à pizza e fuligem, avenidas vestidas de arranha-céus, bancas de revistas, letreiros de néon, e, no meio de tudo, o arrulho incessante de pombos e pessoas. Distante de tudo em que confiava, sentia-me vagamente ameaçada, um vácuo entre mim e os olhos de quem cruzava comigo, nenhuma sensação de pertencimento, e tudo por recomeçar, daquela vez, sem nenhum ombro em quem me apoiar, nenhuma amiga com quem partilhar minhas ilusões. No quartinho da república de subúrbio, dividido com uma jovem provinciana como eu, vinda igualmente de uma cidade distante, mantinha coladas, na parede acima da cama, nossa fotografia da festa da padroeira, junto à da minha mãe e à dos avós no dia do casamento, além de dois cartões postais que reproduziam os *Nenúfares* de Monet e *A noite estrelada* de Van Gogh.

Às vezes, enfiava-me em museus; àquela época, um programa relativamente barato. Em dias de pouco movimento, passear por aquele silêncio vigiado era uma experiência quase mística. As marinhas de Pancetti, os retirantes de Portinari, os vasos com flores de Guignard, os retratos de Flávio de Carvalho, as figuras femininas de Lasar Segall, o Brasil de Di Cavalcanti, as bandeirinhas de Volpi, os nus de Ismael Nery... Diante de algumas obras, como a *Criança morta* de Portinari, *A boba* de Anita Malfatti ou *A negra* de Tarsila do Amaral, meu coração se curvava em chamas de reverência e arrebatamento; se tudo lhes era permitido, se eles podiam transgredir planos e perspectivas, saturar cores, usar a tinta da forma que lhes aprouvesse, por que não, eu?

Durante mais de um ano escrevi regularmente à Concita, às tias e a Tonho Mefisto, ao menos uma vez por mês. Contava-lhes o meu dia a dia na metrópole, onde sempre se tinha aonde ir e o que fazer, mesmo que isso significasse tão somente assistir às aulas na faculdade e flanar pelos parques, de quando em quando por museus. De Tonho, nunca obtive uma única resposta. Concita respondeu-me apenas as primeiras cartas, três ou quatro, de forma curta e evasiva. Em telefonemas às tias, pedia em vão notícias dela e de Tonho. Passados os anos, busquei-a na internet fracassadamente. Estou certa de nunca tê-la abandonado.

Poderia dizer muito, mas o ressentimento na fala de Concita me atropela a lucidez. As palavras que me ocorrem não me chegam à boca; além do mais, são palavras pequenas demais para fazer frente ao que diviso nos olhos dela. Farejo qualquer coisa de terrível em Concita, algo denso e reimoso, capaz de me desmantelar. Agora ela me corta o pensamento: Sempre suspeitei de que um dia você me trairia, de que roubaria Teo de mim; não estava enganada; foi você, Ramona, com seus trejeitos de mocinha inocente, com seus desenhos idiotas, que acabou por arrancá-lo de mim.

Por um segundo, tenho a sensação de que me despedaço como a louça no fundo da lixeira. Quero fugir daqui, mas não consigo mover as pernas, o corpo gorado, uma náusea súbita a me encher a boca de amargor. Diante dos meus olhos, envolta em uma bruma de estupefação, Concita se reduz a uma mancha disforme. O que posso lhe dizer, senão que está certa? Sim, ocultamos dela o nosso amor e, embora ela não nos confirmasse o sentimento que nutria por Teo, no fundo, nós dois sabíamos. Por razões que a própria razão desconhece, a presença de Concita nos era um impedimento, uma espécie de nevoeiro frente à luminosidade do nosso amor, e embora não enxergássemos as coisas com nitidez, tínhamos consciência de que a traíamos. Se não falávamos sobre isso, era precisamente por estarmos juntos, também, no sentimento tácito da culpa.

Ergo os olhos envergonhados para Concita. Numa expressão sonhadora, a voz em um tom combalido, ela confessa: Não, ele nunca me quis, e não foi por falta de graça; àquele tempo, os encantos me sobravam. Para Teo eu era tão somente um moleque de saia. Porém, até você aparecer, ele era meu. Fazíamos tudo juntos: nadar no rio; agarrar piabas que nos serviriam como isca nas pescarias; passear na mata; caçar juritis com baladeira; procurar ninhos de pássaros só pelo prazer de contemplar os ovinhos; desafiar cobras nas locas de pedras. Então, você chegou, e nossa cumplicidade foi aos poucos se enfraquecendo, até não me restar nada. A simples menção ao seu nome o afastava de mim. Para não perdê-lo completamente, coloquei-me entre vocês numa vigia de cego — alerta e, ainda assim, enganada —, a tropicar no que eu não podia ver.

Murcho como os balõezinhos nas manhãs seguintes às nossas noites juninas; tombo bichada como o figo que a menina órfã não conseguiu proteger dos pássaros. Concita avança: Isso é muito, Ramona? Isso lhe chega? Pois tenho mais, muito mais. Permaneço calada. Prefiro me manter ignorante quanto ao muito mais com que ela me ameaça. Tudo que desejo neste momento é voltar a estar sozinha; tenho esse direito, estou em minha casa. Ao mesmo tempo, receio pedir que ela se vá. Concita é capaz do impossível, e o impossível não tarda a me alcançar: Mesmo quando foi embora, mesmo longe, você continuou a me humilhar; Teo só veio aceitar o meu amor meses após a sua partida, depois de ele haver implorado inutilmente às suas tias o endereço para onde poderia lhe escrever; pobre Teo, não perdia a fé de que você pudesse retornar; quando nós nos casamos, pensei haver ganhado a partida; pura ilusão. Lá do quinto dos infernos, você não nos largava; além de se maltratar por tê-la perdido, ele me acusava dia e noite de ser a responsável por essa perda. Quando fazíamos amor, na verdade, fazíamos ódio, e quando nossa primeira filha

nasceu — a mãe de Nina —, ele quis dar seu nome à menina; obviamente, não permiti. Como isso seria possível, me diga, se eu a amaldiçoava todas as horas dos meus dias, todos os dias da minha vida?

Afundo numa nebulosa de mágoa e perplexidade. Ouço-me murmurar, e a minha voz, ligeiramente tremida, tem um quê de rebaixamento: Perdoe-me, Concita, perdoe-me, nós não sabíamos dos seus sentimentos. Ela se endireita na cadeira; apronta-se para um novo bote. Com esporas nos olhos, desvenda a trapaça: Não, não ouse dizer que não sabia, não seja cínica, por que se esconderiam de mim? Por que desapareceriam sem deixar rastros? Ah, Ramona! Vocês faziam de mim gato-sapato, me insultavam com aquelas mentiras cretinas!

Abaixo a cabeça e, com as mãos trêmulas, acendo um cigarro. Tudo em mim e ao meu redor vacila. Sinto não ter para ela nada além de um pedido de perdão. O perdão que ela nunca irá me conceder, eu bem sei, porque o coração, forrado de seixos e espinhos, assim o determina. Agora sou surpreendida com o timbre hesitante da fala de Concita: Eu lhe devo um pedido de perdão, Ramona, e por esse motivo, mais do que qualquer outro, estou aqui. Não quero que esse segredo destrua a minha morte como destruiu a minha vida; quero morrer em paz.

Ah!, sei agora, aqui ela não é a única vítima. Um arrepio gelado me sobe pela coluna. Pressinto a arremetida final, o tiro de misericórdia, e me preparo para a queda livre iminente. Um dia, quando éramos crianças, Concita me contou que, em se cavando a terra, ia se bater no Inferno. Penso que estou a caminho ao ouvir o que ela me espeta na cara: Fui eu quem dedurou seu Graciliano, não foi Teo; ele jamais a magoaria, como pôde acreditar em mim? Pessoas confiantes como você, Ramona, são mesmo uns animais de canga; fui eu quem cuidou em contar a um e a outro sobre Elisa escondida na Micaela; até então, eu não sabia que ela andava sendo caçada pelos militares. Contei às pessoas certas, às mais linguarudas, às que não se calariam nem sob ameaça de morte.

Engasgo-me, tusso seguidamente, o ar de vidro moído a me esfrangalhar os pulmões. Engolfada pela escuridão de um túnel sem fim, choco-me contra paredes de pedra bruta, toda minha vida dentro dessa noite interminável; onde, a luz? Concita pega um copo sobre o balcão e o enche no filtro d´água: Tome, Ramona, vai lhe fazer bem. Eu a sacudo: Víbora maldita, demônio! Ela perde o equilíbrio, apoia-se à parede, o copo lhe resvala da mão. Recupera-se em um segundo. Ainda não respiro normalmente, e ela já engata a marcha que, imagino, a fará passar por cima de mim: Eu poderia me manter calada, afinal de contas você não iria saber nunca, Teo está morto; mas o que é a paz, senão a ausência de segredos? Quando carregamos coisas ruins, elas criam raízes fundas dentro de nós, e acabam por nos arrebentar.

De dentro do mais triste assombro, indago: Você estava lá, Concita, àquele dia, na Micaela? Ela confirma: Segui vocês; o cara a quem Teo pediu emprestada a bicicleta me contou sem querer; o inocente pensava que a bicicleta era para mim. Aquilo me deixou cabreira; tratei de arranjar uma bicicleta também e me pus de tocaia nas proximidades da casa de Teo. Pensei em escrachá-los tão logo os apanhasse aos beijos, porque era disso que a minha imaginação andava cheia — beijos como aqueles das fotonovelas que líamos, dos filmes de amor a que assistíamos. Porém, ao vê-los por ali, indecisos, cagados de medo, a fuçar o interior da casa, desconfiei de que eu sabia menos ainda; além disso, foi impossível não reparar no choque de Teo ao enxergar alguma coisa lá dentro; então, decidi esperar que se fossem e espiar também.

Sou tomada por uma sensação de irrealidade. Desacredito no que ouço. Desacredito na chuva a espancar o telhado, no tamarindeiro a gemer com o vento, nas cintilações dos relâmpagos no rosto de Concita. A cozinha gira diante dos meus olhos, os ouvidos zumbem num alarme de mil abelhas. Não, não é possível que tenha feito isso, não pode ser tão vil, tão mesquinha, tão maquiavélica. Quero estraçalhá-la; tenho ódio bastante para tanto, e já sinto crescentes em mim as garras de ave de rapina, os leques de chifres na testa, as patas onde um dia tive pés, as presas no lugar dos dentes, e o meu coração se ergue no peito, duro, predador. Atiro-me sobre ela, mas não consigo acertá-la; Concita recua, e eu desabo sobre a cadeira onde ela esteve sentada. Encosta-se à porta que dá para o pátio; ainda que eu não enxergue medo em seus olhos, penso que escapará por ali. Engano-me. Desafiadora, ela vem em minha direção: Vai me matar, Ramona?

Recolho as garras, escondo as presas; a fera que se inventa em mim cambaleia, ronca uma impossibilidade. Arremesso um copo contra a parede, e o som da quebradeira é amortecido pelo fragor de um trovão. Tenho a impressão de que lhe treme o queixo; talvez rebente em pranto. Certamente, não. Concita não tem lágrimas; jamais a vi derramar uma única gota, e se algum dia as teve, deve tê-las debulhado junto a Teo, ou, mais seguramente, com a sua morte.

Não satisfeita com o estrago, ela desfere: Foi você quem destruiu tudo, Ramona, foi você quem fez nascer em mim a fraqueza e o ciúme. É verdade o que dizem por aí: somente aqueles que amamos são capazes de nos fazer o maior dos bens e o pior dos males; sou uma miserável, é assim que me sinto, mas, acredite, não sou ruim inteiramente. Resta em mim o que me fez amá-la, apesar de tudo.

Outra vez, tenho o impulso de estapeá-la, estapeá-la até não poder mais, mas não me mexo; falta-me energia para o menor dos movimentos. Pergunto, então: Julga legítimo o que fez, Concita? Ela pestaneja: Não sei, Ramona; àquele tempo, nada me importava mais do que a certeza de que o meu ato a manteria distante de Teo, ainda que eu não pudesse tê-lo, porque foi preciso que eu também me afastasse dele para que você acreditasse em mim.

Estendo o braço, espeto um dedo no colo de Concita, assim como ela fez em mim em nosso primeiro encontro: Saia!, saia já!, não quero vê-la nem mais um segundo, não quero vê-la nunca mais! Ela não se move. Cambaleio para o quarto e me tranco. A porta da frente não tarda em bater. Algo se desmancha dentro de mim. Tenho os músculos das faces doloridos do esforço feito para não chorar. No estômago correm pés de estribos; cascos brutos, no fundo do coração. Penso em ti; recordo-me da derradeira semana de um certo novembro, quando eu me preparava para as provas finais na escola, e tu retornaste. À primeira vista, tive a impressão de que encolheras — olhos soterrados nas covas do rosto, barba de meses por fazer, a boca afundada entre duas rugas que desciam em direção ao queixo, cabelos prateados na cabeça. Parecias pedir desculpas por estar vivo. Não estavas machucado, como eu temia. Busquei tuas mãos, teus pés, e comprovei: os dedos e as unhas continuavam lá. Os dentes, ao menos os da frente, pareciam em ordem. Nenhuma cicatriz à vista. Tampouco constatei falha no teu caminhar — nenhum dano aparente. Abraçaste-me com tamanha força, que me doeram as costelas. Quis te oferecer as palavras sonhadas e ressonhadas para aquele momento, mas elas se esgueiraram para o fundo da garganta. Então, apenas enterrei o rosto no regaço do teu peito, e deixei que lágrimas quentes e desafogadas escorressem sobre ti.

Passavas horas sem mover um dedo, os olhos envoltos numa bruma, absorto em conversas com um algoz que trazias agora em teu coração. Vagueavas pela casa em jeito de morto-vivo, num apagamento de boneco de fantoche, num silêncio de habitante das águas. Nós nos esforçávamos em te livrar daquele pasmo: O que desejas? Gostarias de comer suspiros, maxixada, paçoca de carne de sol, feijão com toucinho, quiabo e maxixe? Queres ouvir as canções de Amália Rodrigues, Dalva de Oliveira, trio Los Panchos?

Um mês inteiro e mais outro se passaram, sem que te animasses a visitar a Micaela. Seu Assis ansiava por te reencontrar. Contudo, desafinado da vida, recusaste recebê-lo em casa num sábado de feira. Agora te engasgavas com frequência, como se uma pedra alojada em tua laringe impedisse o fluxo de ar e comida. Tia Concebida esmerava-se em papas, mingaus, caldinhos, frutas amassadas. No escritório, o silêncio do rádio me feria os ouvidos; uma capa de abandono envolvia a escrivaninha, a caderneta de anotações, as pastas com recibos de pagamento, recortes de jornais, documentos. Guardiã do teu tormento, eu temia o pior: a doença grave, a loucura, a morte. Não eras o mesmo homem; haviam te roubado uma parte demasiadamente grande da alma. Estavas ali e não estavas, apartado de nós por um muro tão alto quanto intangível. Perguntava-me em que maldito tanque haviam sufocado os teus sonhos, com que punhal desgraçado amputado a tua língua. E até o fim, o voto de silêncio que te impuseste — o mesmo, imagino, que ofereceste aos homens de farda e coturnos — me fez sangrar segundo a segundo, como se eu andasse amarrada em cordas de caroá.

Chove ainda. Os relâmpagos seguidos por trovões emprenham a noite de cintilações. Estiro-me sobre a tua cama. A confissão de Concita se mete embaixo dos lençóis, se esmaga contra o meu corpo, bafeja em mim a verdade de pedra. Por um instante, eu a imagino a caminho de casa, a lutar com águas e ventos, com a dureza solitária da própria história, e em mim as lágrimas explodem com a violência de um rio na cheia.

Comprei plástico-bolha, papelão e fita-crepe. Com a ajuda de Simone, embalo primeiro a *Oferenda* da Avó. Em seguida, a pintura da menina Calon, a *Ramona* de Tonho Mefisto — a pastagem dos olhos se despeja sobre a tela, numa torrente verde-negra que me arrasta para trás, para a menina na qual ainda me reconheço, a despeito dos olhos estreitados entre rugas e pálpebras que despencam todo dia um pouco mais, dos lábios murchos, afundados nas comissuras, da pele manchada de sardas miúdas e escuras.

O táxi já se encontra parado à porta de casa. Confiro o tíquete de embarque na bolsa de mão, ajeito a mochila nas costas, desloco a mala de rodinhas pelo corredor. Ao meu lado, Simone emperra na ideia de me acompanhar à rodoviária, e só a custo eu a convenço do quanto as despedidas me são perturbadoras. O taxista guarda a bolsa no porta-malas, e ajeita as pinturas no banco de trás. Abraço Simone rapidamente, como se estivesse indo às compras, e entro no carro.

Na rodoviária, após despachar a bagagem, fumo um cigarro na plataforma de embarque. À certa distância, observo os passageiros na fila, o fiscal a checar os tíquetes, o motorista a agilizar a arrumação das últimas malas e pacotes no porta-bagagem. Em seis horas estarei no aeroporto mais próximo, para um voo de três horas e alguns minutos. Hoje ainda dormirei em casa, e me parece estranho que a minha casa possa ser outro lugar que não a Vila Donária.

Acomodo-me no assento da janela e encosto o rosto à vidraça, os olhos bem abertos para tudo que, mais uma vez, deixo para trás. Obviamente não sou a mesma Ramona que partiu daqui há três décadas, tampouco Nossa Senhora das Pedras é a cidade que conheceste — ainda vestida em beleza, porém maculada por uma modernidade presunçosa. Sim, muita coisa aconteceu após a tua partida. Um sonho entornou sobre os escombros do Muro de Berlim, e outros tantos muros e sonhos ruíram; estruturas aparentemente resistentes à força bruta do tempo desabaram, e dos destroços brotaram, concretos e metafísicos, universos inéditos.

Na primeira vez que deixei Nossa Senhora das Pedras, quando o ônibus arrancou, ouvia-se no rádio a *Feelings* de Morris Albert, um sucesso da época, e eu levava no peito as noites assanhadas pelo vento Aracati, as revoadas das garças no céu da Micaela, os bés plangentes das cabras e o aboio triste do gado ao entardecer, as canções de Roberto Carlos na voz de tia Concebida, as talhadas de quebra-queixo no tabuleiro do velho Manoel do Doce, os assobios do trem na passagem da encruzilhada e os adeuses dos passageiros às janelinhas, a indócil beleza das pinturas de Tonho Mefisto, as tardes de goiabas bichadas sob a luz verde-seda do mês de maio.

Da primeira vez, a despeito do teu fim, eu era jovem, meu coração entoava um sonho de possibilidades, e eu ainda não carregava no peito as mortes de Teo e de Tonho, a traição de Concita, o desamparo de uma garotinha chamada Nina.

Agora, ouço a canção do tempo, e me recordo de quando ele se curvava para me deixar passar.

O cocuruto da chaminé da fábrica de óleo, rendilhado dos capuchos brancos das nuvens, é a última coisa que avisto em meio à garoa dos meus olhos.

Este livro foi impresso nas oficinas gráficas da Editora Vozes Ltda.,
Rua Frei Luís, 100 – Petrópolis, RJ.